DOROTEIA

NELSON RODRIGUES

DOROTEIA

Farsa em três atos
1950

2ª edição
Posfácio: Sergio Fonta

Editora
Nova
Fronteira

Copyright © 1950 by Espólio de Nelson Rodrigues

Direitos de edição da obra em língua portuguesa no Brasil adquiridos pela Editora Nova Fronteira Participações S.A. Todos os direitos reservados. Nenhuma parte desta obra pode ser apropriada e estocada em sistema de banco de dados ou processo similar, em qualquer forma ou meio, seja eletrônico, de fotocópia, gravação etc., sem a permissão do detentor do copirraite.

Editora Nova Fronteira Participações S.A.
Rua Candelária, 60 — 7º andar — Centro — 20091-020
Rio de Janeiro — RJ — Brasil
Tel.: (21) 3882-8200

dados internacionais de catalogação na publicação (cip)
(câmara brasileira do livro, sp, brasil)

Rodrigues, Nelson, 1912-1980
  Doroteia / Nelson Rodrigues; Posfácio Sergio Fonta. -- 2. ed. -- Rio de Janeiro : Nova Fronteira, 2021.
  120 p.

  ISBN 978-65-5640-289-5
  1. Teatro brasileiro I. Título.

21-68669   CDD-B869.2

Índices para catálogo sistemático:
1. Teatro : Literatura brasileira B869.2
Maria Alice Ferreira - Bibliotecária - CRB-8/7964

SUMÁRIO

Programa de estreia da peça 7
Personagens 9
Primeiro ato 11
Segundo ato 47
Terceiro ato 77

Posfácio 111
Sobre o autor 115
Créditos das imagens 119

Programa de estreia de DOROTEIA, apresentada no Teatro Fênix, Rio de Janeiro, em 7 de março de 1950

PASCHOAL BRUNO
apresenta

DOROTEIA

Farsa em três atos de Nelson Rodrigues

Distribuição por ordem de aparecimento:

FLÁVIA	Luiza Barreto Leite
MAURA	Nieta Junqueira
CARMELITA	Rosita Gay
DAS DORES	Dulce Falcão Rodrigues
DOROTEIA	Eleonor Bruno
D. ASSUNTA DA ABADIA	Maria Fernanda

Encenação, direção e iluminação de Ziembinski
Cenários e figurinos de Santa Rosa

PERSONAGENS

D. Flávia
Doroteia
Carmelita
Maura
D. Assunta da Abadia
Das Dores

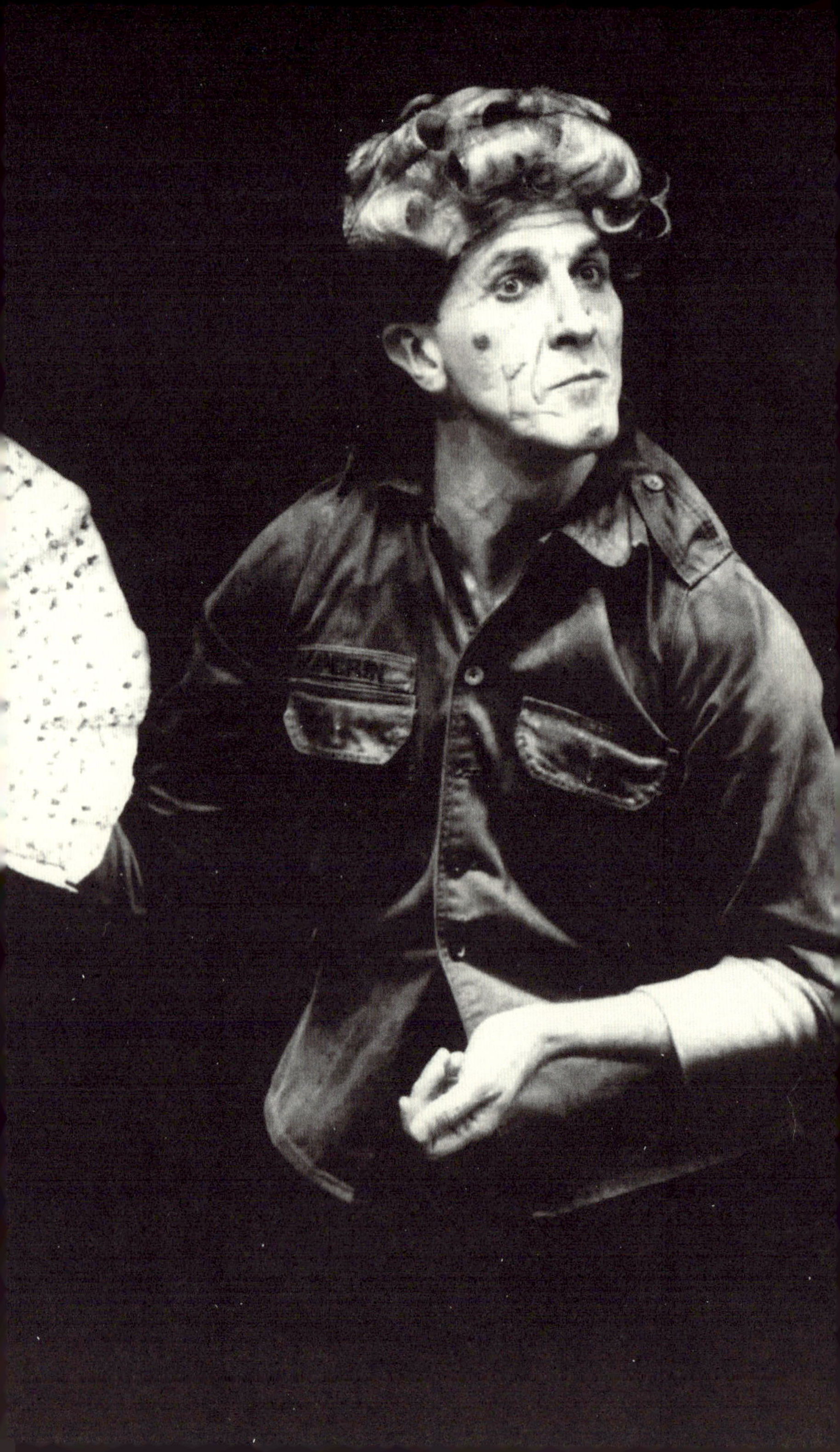

PRIMEIRO ATO

(Casa das três viúvas — d. Flávia, Carmelita e Maura. Todas de luto, num vestido longo e castíssimo, que esconde qualquer curva feminina. De rosto erguido, hieráticas, conservam-se em obstinada vigília, através dos anos. Cada uma das três jamais dormiu, para jamais sonhar. Sabem que, no sonho, rompem volúpias secretas e abomináveis. Ao fundo, também de pé, a adolescente Maria das Dores, a quem chamam, por costume, de abreviação, Das Dores. D. Flávia, Carmelita e Maura são primas. Batem na porta. Sobressalto das viúvas. D. Flávia vai atender; as três mulheres e Das Dores usam máscaras.)

D. FLÁVIA — Quem é?

DOROTEIA — Parente.

D. FLÁVIA — Mas parente tem nome!

DOROTEIA — Doroteia!

(Cochicham Maura e Carmelita.)

CARMELITA — Doroteia não é uma que morreu?
MAURA *(num sopro)* — Morreu...
CARMELITA — E afogada, não foi?
MAURA — Afogada. *(lenta, espantada)* Matou-se...
DOROTEIA *(em pânico)* — Abram! Pelo amor de Deus, abram!
D. FLÁVIA *(rápida)* — Teve a náusea?
DOROTEIA — Não ouvi...
D. FLÁVIA *(calcando bem as sílabas)* — Teve a náusea?

(Silêncio de Doroteia.)

MAURA *(para Carmelita)* — Não responde!
CARMELITA — Ih!
D. FLÁVIA — Se é da família...
DOROTEIA *(sôfrega)* — Sou!...
D. FLÁVIA — ...deve saber, tem que saber!
DOROTEIA — Tive sim, tive!

(Rápida, d. Flávia escancara a porta. Maura e Carmelita abrem, a título de vergonha, um leque de papel multicor.

Doroteia entra, com expressão de medo. É a única das mulheres em cena que não usa máscara. Rosto belo e nu. Veste-se de vermelho, como as profissionais do amor, no princípio do século.)

DOROTEIA	*(ofegante)* — Oh! Graças, graças!
MAURA	*(com o rosto protegido pelo leque)* — Será mesmo Doroteia?
CARMELITA	*(protegida pelo leque)* — Que o quê!
MAURA	— Claro... Doroteia morreu...
D. FLÁVIA	*(para Doroteia)* — Mentirosa! Sua mentirosa! Não é Doroteia!
DOROTEIA	— Sou!
D. FLÁVIA	— Doroteia morreu!
DOROTEIA	*(em pânico)* — Não! Juro que não!
MAURA	*(a Carmelita)* — Vamos espiar!

(As duas sobem numa cadeira, estiram o pescoço e olham por cima do leque. Agora d. Flávia e as primas, unidas em grupo, recuam para a outra extremidade do palco, como se a recém-chegada fosse um fantasma hediondo; agacham-se, sob a proteção dos leques. E segredam, de rosto voltado para a plateia.)

MAURA	— Não é, não!
CARMELITA	— Nunca foi!

(Doroteia aproxima-se do grupo. Fica de pé, de frente para a plateia.)

D. FLÁVIA	— Já sei... Nossa família tinha duas mulheres com esse nome... uma que morreu e a outra que largou tudo, deixou a casa...
MAURA	*(em desespero)* — Desviou-se!
DOROTEIA	— Não... Não...

(D. Flávia ergue-se. Fala a Doroteia por cima do leque.)

D. FLÁVIA	— Você é a Doroteia ruim... a que se desviou...
DOROTEIA	— Eu não!... Sempre tive bom proceder... Nunca fiz vergonha... E garanto que só um homem tocou em mim...
D. FLÁVIA	— Só um?
CARMELITA	*(a Maura, rápido e baixo)* — Mentira!
DOROTEIA	— Só um... o senhor meu marido...
MAURA	*(baixo e rápido para Carmelita)* — É falsa...
D. FLÁVIA	— Pensas que eu não soube?

(Doroteia recua, assustada)

DOROTEIA — De quê?

D. FLÁVIA *(num grito)* — De tudo!... Soube de tudo... *(baixo)* Uma pessoa me contou...

DOROTEIA — Que pessoa?

D. FLÁVIA — Não me lembro, nem precisa... Sabemos de tudo que acontece com parente... Quando alguém na família morre ou dá um mau passo, recebemos a notícia imediatamente... Na mesma hora, no mesmo instante... Ninguém precisa dizer... É como se uma voz fosse, de porta em porta, anunciando... e um dia nós estávamos na mesa...

MAURA — Foi, sim, foi!

D. FLÁVIA — A toalha era de linho... Eu acabara de dizer a oração, que as outras repetiram... De repente, a voz anunciou: Uma Doroteia morreu... *(baixa a voz, espantada)* Outra perdeu-se...

DOROTEIA *(num grito)* — Não!

CARMELITA *(com angústia)* — Eu me lembro!

(As viúvas avançam e Doroteia recua.)

D. FLÁVIA — Foi assim que eu soube que tu deixaras de ser como nós... *(rápida para as primas)* Virei-me para vocês e dei a notícia...

CARMELITA (*num sopro*) — Deu a notícia, sim, deu!

D. FLÁVIA — Depois, nós três... ou minto?...

AS DUAS — Que o quê!

D. FLÁVIA — ...nós três tivemos uma visão... Ficamos assim mesmo, unidas como agora... Os três rostos juntos...

(Juntam os rostos.)

D. FLÁVIA — E foi como se estivéssemos vendo... Uma rua de muitas janelas acesas... *(os três rostos juntos)* E você mesma numa janela acesa... Passos de homem na calçada... Olhos de homens por toda parte... Não foi?

AS DUAS — Foi...

DOROTEIA *(desesperada)* — Essa não era eu... Era a outra — a Doroteia que se afogou... Foi lavar seus pecados ao banho do rio... Eu, não... Eu me casei!

MAURA *(a Carmelita)* — Será?

CARMELITA — Não vê logo?

DOROTEIA — Eu sabia o que aconteceu com a nossa bisavó... Sabia que ela amou um homem e se casou com outro... No dia do casamento...

D. FLÁVIA	— Noite.
DOROTEIA	— Desculpe — noite... Na noite do casamento, nossa bisavó teve a náusea... *(desesperada)* do amor, do homem!
D. FLÁVIA	*(num grito)* — Do homem!
DOROTEIA	*(baixo)* — Desde então há uma fatalidade na família: a náusea de uma mulher passa para a outra mulher, assim como o som passa de um grito a outro grito... Todas nós — eu também! — a recebemos na noite do casamento...
D. FLÁVIA	*(feroz)* — Menos você!
MAURA	*(a Carmelita)* — Ela não!
DOROTEIA	*(gritando)* — E se eu jurar, como jurei? Se der minha palavra de honra? *(novamente em tom informativo)* Tive a náusea e aconteceu uma coisa interessante... Meu marido estava junto de mim e vivo e eu...
D. FLÁVIA	*(feroz)* — Nem mais uma palavra!
DOROTEIA	*(acovardada)* — Mas que foi que houve? Que foi?
D. FLÁVIA	— O que ias contar era mentira, tudo mentira... Isso aconteceu, não contigo, mas com as outras mulheres da

família... Com a Doroteia que morreu... com Maura e Carmelita... *(grave e lenta)* e comigo... Te conto a minha primeira noite e única... As mulheres de nossa família têm um defeito visual que as impede de ver homem... *(frenética)* E aquela que não tiver esse defeito será para sempre maldita... e terá todas as insônias... *(novo tom)* Nós nos casamos com um marido invisível... *(violenta)* Invisível ele, invisível o pijama, os pés, os chinelos... *(apenas informativa)* É assim desde que nossa bisavó teve a sua indisposição na noite de núpcias...

DOROTEIA — Eu sei!

D. FLÁVIA *(abstrata)* — Minha primeira noite foi igual à de Maura e de Carmelita...

AS DUAS — Igualzinha!

DOROTEIA — Concordo.

D. FLÁVIA *(em crescendo)* — Assim como será igual à primeira noite de minha filha, que se casa amanhã... Ela está ali, à espera de um noivo que não viu nunca e que não verá jamais... *(veemente)* Pois eu te contarei a noite de amor de minha filha, nos últimos detalhes... *(doce)* É como se eu já estivesse vendo... O noivo invisível a levará nos braços... lhe fará carinhos...

MAURA E CARMELITA	*(doces)* — Carinho...
D. FLÁVIA	*(num repente feroz)* — E, de repente, a náusea baixará sobre minha filha... O noivo estará a seu lado, invisível, mas vivo... E será como se fosse apodrecendo... Ele e, assim, seus gestos, suas carícias, seus cabelos e o cordão de ouro do pescoço... O próprio pijama há-de se decompor *(lenta)* com a máxima naturalidade... *(para Doroteia)* Ouviste?
DOROTEIA	*(num fio de voz)* — Sim...!
D. FLÁVIA	— Tudo isso acontecerá com minha filha, como aconteceu comigo...
AS DUAS	— E conosco também...
DOROTEIA	— E comigo...
AS TRÊS	*(num grito)* — Menos contigo!
DOROTEIA	*(chorando)* — E se eu jurar?
D. FLÁVIA	— Não acreditaria... És doce demais... *(sem transição, violenta)* Tiveste um filho!
DOROTEIA	— Morreu, o anjinho!
D. FLÁVIA	*(desesperada)* — E nem ao menos foi uma menina...*(apavorada, para as primas)* Teve um filho homem!

(Em consequência da revelação as três viúvas têm uma crise de pudor: escondem os rostos detrás do leque.)

DOROTEIA	— Não tive culpa... Até que eu queria uma menina...
D. FLÁVIA	— Juras por ele?...
DOROTEIA	*(com medo)* — Pelo meu filho?
D. FLÁVIA	*(cruel)* — Por esse filho, a quem chamaste anjinho...
DOROTEIA	— Não, não!... Pelo meu filho não posso!
D. FLÁVIA	— Juras por ele que não tens liga com monograma... combinação cor-de-rosa, guarnecida de renda preta...
DOROTEIA	*(em pânico)* — Não! Não!
D. FLÁVIA	*(implacável)* — Jura que não moraste num quarto... Parece que eu estou vendo esse quarto... Havia um guarda-vestidos com espelho... *(para as primas, crispando-se)* Detrás desse guarda-vestidos uma bacia e *(lenta)* um jarro...

(Nova manifestação de pudor das viúvas: escondem os rostos sob a proteção do leque.)

DOROTEIA (*dolorosa*) — O jarro!

D. FLÁVIA (*violenta*) — Jura, agora, neste momento, pela memória do teu filho!... Tu o viste no caixão... (*subitamente doce*) Num caixão forrado de seda branca...

DOROTEIA — Sim, de seda branca... (*muda de tom*) Me disse um conhecido meu que essa era a cor dos anjos e das virgens...

D. FLÁVIA (*feroz*) — Jura, na minha frente, de olhos fechados...

DOROTEIA (*soluçando*) — Pelo meu filho não posso.

CARMELITA (*a Maura*) — Então mentiu!

D. FLÁVIA (*doce e cruel*) — Confessa... Confessa...

DOROTEIA (*chorando*) — Menti, sim! É mentira, tudo mentira!

D. FLÁVIA (*numa curiosidade abominável*) — Teu quarto era assim? Como eu disse? E tinha jarro?

DOROTEIA — Assim... (*como uma sonâmbula*) Uma separação de madeira... O guarda-vestidos... (*num grito*) E tinha, sim, tinha o jarro!

D. FLÁVIA (*sonhadora*) — Quantas vezes teu quarto me aparecia em visão... Como se eu estivesse vendo e ouvindo... Ouvindo o rumor da água...

CARMELITA	*(acesa em curiosidade, para Maura) (baixo)* — Escuta! Escuta!
DOROTEIA	*(doce)* — Apareci nas janelas... Muitas janelas acesas... E tinha muitas combinações cor-de-rosa, azul, algumas bem bonitas... *(com desespero)* Mas a minha desgraça maior foi a seguinte...
D. FLÁVIA	— Qual?
DOROTEIA	*(continuando)* — Não tive o defeito de visão que as outras mulheres da família têm... *(segreda)* Eu era garotinha e via os meninos... Mentia que não, mas via... E, maiorzinha, também via os homens...
MAURA	— Amaldiçoada desde criança!
DOROTEIA	— Comecei, então, a pensar: "Se me caso não vou ter a náusea..." Fiquei com essa ideia na cabeça, me atormentando... Não dormia direito e estava emagrecendo... Comecei a ficar acho que meio doida... Ouvia vozes me chamando para a perdição, me aconselhando a perdição...
D. FLÁVIA	*(rápida, completando)* — Fugiste com o índio...
DOROTEIA	— Não era índio... Parecia índio, de tão moreno... Mas era paraguaio... Mas também pouco demorou... Teve uma febre que nenhum doutor deu

	jeito... Foi quando aluguei o tal quarto, a conselho de uma vizinha de muita experiência...
D. FLÁVIA	*(frenética)* — E a náusea?
DOROTEIA	*(sem ouvi-la)* — Comecei a me dar com soldados, embarcadiços e fiquei muito amiguinha de um rapaz que trabalhava em joias... Porém minha preferência maior era para senhores de mais idade...
D. FLÁVIA	*(para as primas)* — Estão ouvindo?
DOROTEIA	*(sonhadora)* — Tive uma pessoa que me trouxe, do Norte, uma toalha de renda, muito bonita, que eu não quis vender...
D. FLÁVIA	*(gritando)* — Leva tua história daqui... Afoga tua história no mar...
DOROTEIA	*(sem ouvi-la)* — Pois foi essa pessoa o pai de meu filho... Ele estava em viagem quando dei à luz; acho que nem soube... Então, eu disse: "Quero tudo de bom e do melhor para meu filho." A começar por colégio caro... Outra coisa... que fiz questão: "Que meu filho não saiba nunca a mãe que tem..." Um dia falei a um senhor que me visitava uma vez por semana... Perguntei-lhe se conhecia um bom colégio... Ele me indicou um que disse ser ótimo...
D. FLÁVIA	— E a morte do teu filho?

CARMELITA (*escandalizada, para Maura*) — Ela não conta a morte do filho!

DOROTEIA (*num crescendo de angústia*) — Meu filho estava no braço da ama e era sujeito a convulsões. "Doutor", disse eu ao médico, "sare meu filho!" Querendo salvar o anjinho aleguei que não fazia questão de conta. O doutor me olhou muito — meu filho estava ao lado com febre... Respirava cansado, assim... Olhos fechadinhos, fechadinhos... Pois o doutor me olhava, sem dizer nada, até que falou baixo: "Não é o seu dinheiro que eu quero", disse. Veio para mim com seus olhos de fogo. Também disse outra coisa — que eu reconhecesse a minha profissão...

D. FLÁVIA (*triunfante*) — Eu te conto o resto, mulher ruim!

DOROTEIA (*apavorada e soluçando*) — Não! Não!

D. FLÁVIA (*em crescendo*) — Quando espiaste, de novo, teu filho estava morto!

DOROTEIA (*chorando*) — Pois é...

(*Doroteia avança, desesperada, até a boca de cena.*)

DOROTEIA (*de um lado para outro*) — Estava morto... (*feroz*) Meu filho estava morto!

D. FLÁVIA	*(exultante)* — E tu o enterraste!
DOROTEIA	*(feroz)* — Nunca!... *(crispando as mãos, na altura do peito)* Eu não enterraria um filho meu...Um filho nascido de mim... *(doce)* Enterrar, só porque morreu?... Não, isso não... *(muda de tom)* Vesti nele uma camisolinha de seda, toda bordada à mão, comprei três maços de vela... Quando acabava uma vela, acendia outra... antes, tinha fechado tudo... Fiquei velando, não sei quantos dias, não sei quantas noites... Até que bateram na porta... Tinham feito reclamação, porque não se podia suportar o cheiro que havia na casa... *(feroz)* Mas eu juro, dou minha palavra de mãe, que o cheiro vinha de outro quarto, não sei. De lá, não... *(muda de tom)* E sabe quem foi fazer a denúncia? Uma vizinha, que não se dava comigo... *(doce)* Levaram o anjinho. *(agressiva)* Mas tiveram que me amarrar, senão eu não deixava...
D. FLÁVIA	*(vingativa)* — Tudo porque não tiveste a náusea da família!
MAURA	— Bem feito!
CARMELITA	— Claro!

DOROTEIA (*ofegante*) — Fiquei com ódio de mim, de tudo! E mais ainda da vida que levava... Quis quebrar os móveis... Ia jogar, pela janela, o jarro! Partir o espelho do guarda-vestidos... Mas a senhoria me convenceu que não... Disse que o guarda-vestidos ainda não estava pago... (*para as outras, baixando a voz*) Então...

D. FLÁVIA (*baixo*) — O quê?...

DOROTEIA (*ofegante*) — Então eu pensei na minha família... Em vós... Jurei que havia de ser uma senhora de bom conceito... E aqui estou...

(*As viúvas unem-se em grupo. Estão na defensiva contra a intrusa.*)

D. FLÁVIA — Esta casa não te interessa... Aqui não entra homem há vinte anos...

DOROTEIA — Sempre sonhei com um lugar assim... Quantas vezes em meu quarto...

D. FLÁVIA (*num crescendo*) — Só falas em quarto! Em sala nunca! (*aproxima-se de Doroteia, que recua*) Aqui não temos quartos!

(A palavra quarto obriga as viúvas a cobrirem-se com o leque, em defesa do próprio pudor.)

D. FLÁVIA	*(dogmática) (sinistra e ameaçadora)* — Porque é no quarto que a carne e alma se perdem!... Esta casa só tem salas e nenhum quarto, nenhum leito... Só nos deitamos no chão frio do assoalho...
CARMELITA	*(sob a proteção do leque)* — E nem dormimos...
MAURA	*(num lamento)* — Nunca dormimos...
D. FLÁVIA	*(dolorosa)* — Velamos sempre... Para que a alma e a carne não sonhem...
DOROTEIA	*(em desespero)* — Deixai-me ficar ou me perco!... Por tudo, peço... Tendes uma filha... E direi, em sinal de agradecimento, direi *(vacila)* que vossa filha, Das Dores, *(com admiração)* é linda!
D. FLÁVIA	*(vociferante)* — Não blasfemes, mulher vadia!... *(acusadora)* Linda és tu!

(Maura e Carmelita aproximam-se para lançar, à face de Doroteia, a injúria suprema.)

AS DUAS	*(como se cuspissem)* — Linda!
D. FLÁVIA	*(ampliando a ofensa)* — E és doce... Amorosa... e triste! Tens tudo que não

	presta. *(ofegante)* Minha filha, nunca! *(lenta e sinistra)* Nós somos feias...
DOROTEIA	*(fora de si)* — Mas eu não sabia... Não podia imaginar...
D. FLÁVIA	*(crescendo)* — As mulheres de nossa família não têm quadris, nem querem... *(desesperada)* E olha as nossas mãos que não acariciam...

(Num movimento único, as viúvas erguem as mãos crispadas.)

D. FLÁVIA	*(rosto a rosto com Doroteia)* — Sabes tu por que se afogou a outra Doroteia?
DOROTEIA	*(num sopro)* — Não...

(As viúvas estão em grupo cerrado e falam entre si.)

MAURA	— Conta!
D. FLÁVIA	*(doce)* — Repito todos os dias essa história, na mesa, como se fosse, não uma história, mas uma oração...

(Rápida e agressiva, vira-se para Doroteia. Maura e Carmelita colocam-se sob a proteção do leque.)

D. FLÁVIA	*(frenética)* — A outra Doroteia se afogou de ódio, de dor... Ela não podia viver sabendo que por dentro do vestido estava seu corpo nu...
MAURA E CARMELITA	*(apavoradas)* — Despido!

(Nova e categórica manifestação de pudor.)

D. FLÁVIA	— É também esta a nossa vergonha eterna!... *(baixo)* Saber que temos um corpo nu debaixo da roupa... Mas seco, felizmente, magro... E o corpo tão seco e tão magro que não sei como há nele sangue, como há nele vida... *(gritando)* Que vens fazer nesta casa sem homens, nesta casa sem quartos, só de salas, nesta casa de viúvas? *(exultante)* Procura por toda parte, procura debaixo das coisas, procura, anda, e não encontrarás uma fronha com iniciais, um lençol, um jarro!
DOROTEIA	— Acredito... Acredito... mas escutai-me... ajoelhei diante da memória do meu filho e, então, jurei que homem nenhum havia de tocar nessa! *(espeta o dedo no próprio peito)* Em mim, não!... Porém preciso de vossa ajuda... Para ser como vós e uma de vós... Não ter quadris e, conforme possa,

um buraco no lugar de cada vista... *(exaltando-se)* Perdoai-me, Das Dores, se vos chamei de linda! *(desesperada)* Eu queria ser como a outra Doroteia, que se afogou no rio... *(baixo e sinistra)* Se duvidardes, eu me afogarei no rio...

D. FLÁVIA — Não!

DOROTEIA *(eufórica)* — ...me matarei...

D. FLÁVIA — Não, mulher miserável! Em nossa família, nenhuma mulher pode morrer antes da náusea... É preciso, primeiro, sentir a náusea... E aquela que perecer antes, morre em pecado e paixão... *(lenta)* Nem terá sossego na sua treva... Não podes morrer ainda, talvez não possas morrer nunca...

DOROTEIA *(apavorada)* — Nunca?

D. FLÁVIA *(baixo, apontando Das Dores)* — Vês?

DOROTEIA *(num sopro)* — Das Dores?

D. FLÁVIA — Sim, Das Dores... Quando Das Dores se gerava em mim, tive um susto... Eu estava no quinto mês...

MAURA *(para Doroteia)* — Foi, sim!...

D. FLÁVIA — E, com o susto, Das Dores nasceu de cinco meses e morta...

AS DUAS *(choramingando)* — Roxinha...

D. FLÁVIA	*(também com voz de choro)* — Mas eu não comuniquei nada à minha filha, nem devia...
AS DUAS	*(choramingando)* — Claro!
D. FLÁVIA	— Sim, porque eu podia ter dito "Minha filha, infelizmente você nasceu morta" etc. etc. *(patética)* Mas não era direito dar esta informação... Seria pecado enterrá-la sem ter conhecido o nosso enjoo nupcial... *(tom moderado)* De forma que Das Dores foi crescendo... Pôde crescer, na ignorância da própria morte... *(ao ouvido de Doroteia)* Pensa que vive, pensa que existe... *(formalizando-se e com extrema naturalidade)* E ajuda nos pequenos serviços da casa.
DOROTEIA	*(olhando na direção de Das Dores)* — Morta...
D. FLÁVIA	*(agressiva)* — Tu ousarias morrer antes? Te deixarias enterrar sem cumprir tua obrigação?
MAURA	*(rosto a rosto, com Doroteia)* — Linda!
DOROTEIA	— Deixai-me ficar...
CARMELITA	— Não!
DOROTEIA	— Deixai-me ser uma de vós...
CARMELITA	— Não!

DOROTEIA — Preciso de vosso auxílio *(olha apavorada, para os lados)* antes que ele apareça... Porque se ele aparecer — será tarde demais...

D. FLÁVIA — Quem?

DOROTEIA *(cochichando para as três)* — No meu quarto havia um jarro...

D. FLÁVIA — Jarro...

DOROTEIA — Depois que meu filho morreu, não tenho tido mais sossego... O jarro me persegue... Anda atrás de mim... Não que seja feio... Até que é bonito... De louça, com flores desenhadas em relevo... E inteligente, muito inteligente... *(de novo olha para os lados) (com exasperação)* Quando um homem qualquer vai entrar na minha vida, eu o vejo... direitinho... *(baixa a voz)* Sei, então, que não adiantará resistir... Que não terei remédio senão agir levianamente... *(com terror)* É isso que eu não quero... *(feroz)* Depois que meu filho morreu, não! *(suplicante)* Porém, se me expulsardes, ou se demorardes numa solução, *(terror)* o jarro aparecerá...

D. FLÁVIA — Não faz mal!

DOROTEIA (*estende as mãos*) — Pela vossa filha que se casa amanhã!

D. FLÁVIA — Não!

DOROTEIA — A única família que eu tenho é a vossa... (*doce*) Acho lindo ter parente... dizer, por exemplo, "minha prima", "minha tia"... (*desesperadamente*) E o juramento que fiz ao meu filho, não vale nada?

D. FLÁVIA — Vai! E que o jarro te apareça no meio da noite!

(Doroteia caminha na direção das primas. Estas recuam.)

D. FLÁVIA — Fala, mas de longe.

MAURA — Não queremos sentir teu hálito...

CARMELITA — Teu hálito é bom demais para uma mulher honesta!

(Agora as viúvas avançam para Doroteia, que retrocede, espantada.)

DOROTEIA (*num sopro*) — Vocês estão me olhando caladas... Espiam para mim como se pensassem num crime... Num crime como um, que eu soube... Esganaram

	uma mulher... E o criminoso nunca souberam quem foi...
D. FLÁVIA	— Crime?
DOROTEIA	— Vocês três poderiam também esganar uma mulher... E esta mulher seria eu...
AS TRÊS	*(entre si)* — Nós poderíamos, nós...

(Sem uma palavra mais, as viúvas abrem as mãos como se fossem, de fato, estrangular Doroteia.)

DOROTEIA	— ...ninguém descobriria, ninguém saberia nunca... Mas eu ainda não posso morrer... Ainda não tive a indisposição de que falais... Seria pecado a minha morte...

(Doroteia cai de joelhos, enquanto as viúvas continuam mudas e de mãos abertas.)

DOROTEIA	*(ofegante)* — Se, ao menos, uma de vós falasse... Ou gritasse... Eu preferia até um grito a esse vosso silêncio...
D. FLÁVIA	— Tu és falsa... E mentes... Só sabes mentir...
DOROTEIA	— Não minto... Não menti nunca... Quer dizer, mentia antes... Mas não quero mentir mais... Só direi a verdade... Se me

perdoardes, vos contarei um segredo... Um segredo que não diria a ninguém... Ia morrer comigo... Contarei a vós, se me perdoardes...

D. FLÁVIA — Fala, então...

DOROTEIA — Eu disse, não disse? que o cheiro esquisito não vinha do quarto de meu filho... Jurei que fora intriga de uma vizinha, que se indispôs comigo... *(num grito)* Pois eu menti!... Vinha mesmo do nosso quarto... Era mesmo daquele anjinho... *(num soluço)* Era dele...

D. FLÁVIA — Teu segredo não interessa!

DOROTEIA *(desorientada)* — Não?... Mas vocês não compreendem que eu não diria a ninguém, nunca?... *(muda de tom)* E se contei foi para mostrar que deixei de ser falsa... Que não contarei mais falsidades...

(As viúvas avançam mais, em semicírculo.)

DOROTEIA — Gritarei!

D. FLÁVIA — Se gritares, teu grito não sairia daqui... Seria um grito qualquer... Só nós três escutaríamos teu grito... E tu mesma... Outros que o ouvissem não prestariam atenção... Nepomuceno

	também grita... Vive sozinho e quer a companhia dos próprios gritos... *(exultante)* E ninguém ligaria aos gritos de Nepomuceno...
DOROTEIA	*(num sopro)* — Não...
D. FLÁVIA	— Por que entraste nesta casa? *(rápida, violenta, para as primas)* — Eu falei em Nepomuceno?
AS DUAS	— Falaste nos gritos de Nepomuceno!
D. FLÁVIA	*(choramingando)* — Por que, entre tantos nomes, só esse me acudiu?
CARMELITA	*(num sopro)* — Nepomuceno...
DOROTEIA	*(talvez mais alarmada)* — Vocês estão imaginando o quê?
MAURA	— Nada!
DOROTEIA	*(desesperada)* — Mas eu não me oponho ao "crime"... Tive medo, mas já passou... Contanto que vocês me deixem aqui... Como uma de vós, embora morta...

(As viúvas viram as costas para Doroteia.)

DOROTEIA	— Não! Não me virem as costas! Vosso desprezo é mais cruel que vosso crime! E se eu morrer, não digam que fui quem sou... Não contem as particularidades de minha profissão... Não mencionem

o jarro… Digam que eu fui uma prima vossa, até muito correta…

(As viúvas cochicham entre si.)

D. FLÁVIA	*(para as primas)* — Há quanto tempo Nepomuceno não tem namorada?
MAURA	— Não teve nunca…
D. FLÁVIA	*(sonhadora)* — Nunca…
CARMELITA	— Adoeceu pequenininho…
D. FLÁVIA	*(virando-se, rápida, para Doroteia)* — Quem sabe se te deixaríamos ficar?
DOROTEIA	*(encantada)* — Aqui? *(sôfrega)* Decida, então, antes que o jarro *(olha para os lados)* apareça… Porque, se ele aparecer, eu terei de aceitar minha desgraçada sina, ainda que seja por uma vez, uma única vez.
D. FLÁVIA	*(baixo)* — És bonita…
DOROTEIA	*(numa mímica de choro)* — Me desculpe…
D. FLÁVIA	*(num crescendo)* — Renegarias tua beleza? Serias feia como eu, como todas as mulheres da família?
DOROTEIA	*(ardente)* — Sim, seria… Feia como tu, ou até mais…

D. FLÁVIA — Mais do que eu, duvido... Tanto, talvez...

DOROTEIA — Só lhe digo que desejaria ser — horrível! juro... Ser bonita é pecado... Por causa do meu físico tenho tudo quanto é pensamento mau... sonho ruim... Já me vi tão desesperada que, uma vez, cheguei a desejar ter sardas... Eu que acho sardas uma coisa horrível... Talvez assim os homens não se engraçassem tanto comigo e eu pudesse ter um proceder condizente...

D. FLÁVIA *(cariciosa)* — E nunca pensaste numa doença?... Numa doença que consumisse tua beleza?...

DOROTEIA *(impressionada)* — Tenho muito medo de doença, muito!... *(exultante)* agora me lembro: houve uma vez, sim, em que pensei numa doença... *(compungida)* Foi quando houve a separação de um casal, por minha causa... Roguei praga contra mim mesma... Pedi... *(trava)*

D. FLÁVIA — O quê?

DOROTEIA — ...para apanhar varíola... *(ofegante)* que me enfeiasse... marcasse meu rosto...

D. FLÁVIA — Mas varíola é tão pouco!... *(doce, para as primas)* Vocês não acham?

AS DUAS	*(cordialíssimas)* — Achamos.
D. FLÁVIA	— Conheci uma fulana que teve bexiga e passou a ser mais procurada... *(enérgica, para Doroteia)* Precisas ter um rosto e não este...
DOROTEIA	*(passando a mão pelo próprio rosto)* — Este não... *(num crescendo)* Quer dizer que eu tenho que mudar de rosto? De boca, de olhos... Talvez de cabelos?...
D. FLÁVIA	— Sim... E de corpo também... então, nós te aceitaremos na família... Serás igual a nós... Igual à Doroteia que se atirou no rio... Te sentarás à nossa mesa... Dirás as nossas orações... *(baixo ao ouvido de Doroteia)* e o jarro, um jarro de flores desenhadas em relevo, não te aparecerá mais, nunca mais!
DOROTEIA	*(em êxtase)* — Tomara... *(efusiva)* Até, francamente, nem sei como agradecer... Nem esperava... Mas a Providência me salvou... Fui ouvida, nos meus pedidos... *(olhos para o céu, mão no peito)* Pedi tanto para sair daquela vida...
D. FLÁVIA	*(grave)* — Nós exigimos, mas é para teu bem...
DOROTEIA	— Sei, claro... *(veemente)* Eu mesma acho que a família tem o direito de exigir! *(mais positiva)* E de humilhar...

	(humilde) Não pensem que eu estou contra a minha humilhação... Nunca! Até quero ser humilhada... Me desfeiteiem, se quiserem. *(misteriosa)* Estou desconfiada que a morte do meu filho já foi um aviso...
D. FLÁVIA	— É possível.
DOROTEIA	— Era a Providência me chamando para o caminho da virtude... Talvez essa morte tenha sido um bem... *(com mímica de choro)* Quando acaba, vocês, em vez de me destratarem, ainda me recebem... E me tratam com essa distinção...
D. FLÁVIA	— Não te faremos mal, Doroteia... Houve um momento em que pensamos em te...
DOROTEIA	*(completando, rápido)* — ...em me esganar.
D. FLÁVIA	— Mas não foi por mal...
DOROTEIA	— Sei, sei, foi sem intenção...
D. FLÁVIA	— Seria para livrar você mesma de sua beleza... Mas você ainda não teve a náusea... Além disso, há quem fique mais bonita, depois de morta... Não convinha para você...
MAURA	*(feroz)* — Fala em Nepomuceno!
D. FLÁVIA	*(gritando)* — De joelhos!

(Apavorada, Doroteia cai de joelhos.)

D. FLÁVIA *(feroz)* — Agora escuta: vou-te dizer qual será tua salvação. E me agradecerás, assim, de joelhos...

(Na sua veemência d. Flávia está agarrando Doroteia pelos cabelos.)

DOROTEIA *(ofegante)* — Só não queria sardas... Acho muito feio sardas...

D. FLÁVIA *(lenta)* — Precisa de chagas...

DOROTEIA — Eu?

D. FLÁVIA *(lenta e feroz)* — Sim... Precisa de chagas que te devorem... E devagarinho, sem rumor, nenhum, nenhum...

DOROTEIA *(atônita)* — Em mim? No meu corpo?

MAURA *(feroz)* — E no teu rosto!

DOROTEIA — Não!...

D. FLÁVIA — No teu rosto... pelo menos, numa das faces... no ombro...

CARMELITA *(ávida)* — No seio também!

DOROTEIA — Se ainda fosse só varíola!...

D. FLÁVIA *(fanática)* — Tua beleza precisa ser destruída! Pensas que Deus aprova tua beleza? *(furiosa)* Não, nunca!...

DOROTEIA — Não que eu queira desculpar meus encantos... longe de mim... Já disse que estou arrependida de ser como sou... Mas me dá pena... Não sei, mas me dá uma pena como você não imagina!... *(agarrando-se a d. Flávia)* E se eu pudesse ser bonita e ao mesmo tempo ter um proceder correto...

D. FLÁVIA — Aceitas as chagas? Se não aceitares, te levaremos de rastro! Sabes o que te acontecerá? Serás cada vez mais linda... e mais amorosa...

DOROTEIA *(apavorada)* — Não, isso não... E acho que sei por que tem me acontecido tanta coisa ruim. Foi a tal vizinha que não se dava comigo, que fez um voto... Um voto para que eu me tornasse cada vez mais bonita...

D. FLÁVIA — Queres?

(Pausa.)

DOROTEIA *(ofegante)* — Devo fazer o quê?

D. FLÁVIA *(delirante)* — É simples, tão simples: *(baixo, cariciosa)* Basta procurar Nepomuceno... Nada mais...

DOROTEIA — Só? Mas quando?

D. FLÁVIA — Já.

DOROTEIA	— Tão de repente?
D. FLÁVIA	— É preciso. Quanto mais cedo melhor. Pede a ele e te dará quantas chagas quiseres...
CARMELITA	*(tentadora)* — Chagas boazinhas...
DOROTEIA	*(encantadora)* — São?
CARMELITA	— MUITO!
DOROTEIA	— Se eu "tenho" que ir, se eu "devo" ir, então, é bom me preparar logo... Quem sabe se vocês podiam me dar uma mãozinha?
D. FLÁVIA	*(amabilíssima)* — Ora!

(As viúvas apossam-se, vorazmente, de Doroteia. E tratam de embelezá-la.)

DOROTEIA	*(meiga)* — Eu tinha jurado que não me pentearia mais... Que largaria mão de meus cabelos...
D. FLÁVIA	*(cariciosa)* — O que vai acontecer não será pecado... Desejo que a sombra da outra Doroteia te acompanhe...
CARMELITA	— E nós mesmas pediremos por ti...
D. FLÁVIA	— Agora vai... Vai, antes que chegue a sogra de minha filha, trazendo o meu genro...

DOROTEIA (*com súbito medo*) — Mas se o Nepomuceno alegar que não me conhece? E se eu mesma achar que, por exemplo, os meus cabelos são bonzinhos? Que meus cabelos não se envolvem com os meus pecados?...

D. FLÁVIA (*feroz*) — Vai!

DOROTEIA — Se, ao menos, os espíritos protetores me dessem um sinal qualquer? Mandassem um aviso? Mostrassem o meu caminho? (*num lamento*) Sou uma mulher sem muita instrução!...

(*Imobilizam-se todos os personagens e viram-se num movimento único, para o fundo da cena. Acaba de aparecer o jarro.*)

D. FLÁVIA — Viste?

DOROTEIA — Agora sei... Diante de mim está o caminho de Nepomuceno... (*ergue os braços, frenética*) Perdoa-me, se duvidei... Perdoa-me se pensei em mim mesma!... (*num soluço*) Mas nada sei devido ao meu pouco cultivo... (*num crescendo*) E perdi meu filho... E vivi muitos anos naquela vida... (*feroz*) Peço maldição para mim mesma... Maldição para o meu corpo... E para os meus olhos... E para os meus cabelos... *(num último grito estrangulado)* Maldição ainda para a minha pele!...

D. FLÁVIA — É este o momento...

CARMELITA — Quando voltares serás como nós...

MAURA — Ou pior!

DOROTEIA *(lírica)* — Tomara!... Tomara!...

(As viúvas levam Doroteia à porta. Doroteia abandona a cena. As viúvas dão adeuzinho.)

FIM DO PRIMEIRO ATO

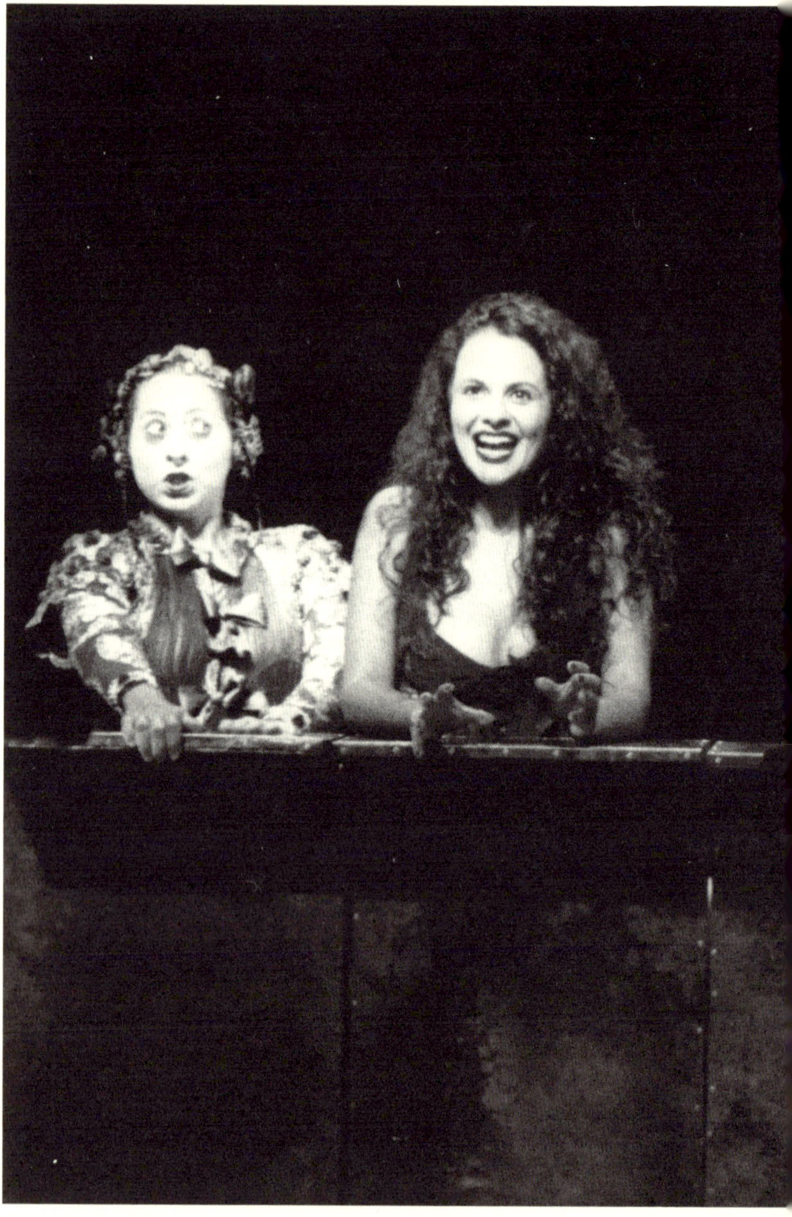

SEGUNDO ATO

(Doroteia abandonou a cena. As três viúvas, em movimento simultâneo, unem-se em grupo cerrado e cada uma cobre o rosto com o leque. E como se esta atitude não bastasse, viram as costas para a porta da entrada. Das Dores estende os braços, em apelo. É um momento de medo.)

DAS DORES — *(em desespero)* — Mãe! E meu noivo não vem?

D. FLÁVIA — *(com angústia)* — Vem... Agora vem... Mais um instantinho só...

DAS DORES — E é hoje a primeira noite?

D. FLÁVIA — Hoje.

DAS DORES — Oh! graças!

(Apesar da distância que a separa da filha, d. Flávia fala baixo. E toda a sua atitude exprime medo e espanto.)

DAS DORES	— E terei a náusea logo na entrada da noite?... Ou no meio?... Ou já ao amanhecer? *(grita)* mãe!
D. FLÁVIA	— Talvez na entrada da noite...
MAURA	— Ou no meio...
CARMELITA	— Ou quase ao amanhecer...
DAS DORES	*(para si mesma)* — Por que tarda a minha primeira noite?... Por que não vem logo?...
D. FLÁVIA	— Sinto que tua sogra vem se aproximando...
CARMELITA	*(num sopro)* — Conduzindo o noivo pela mão...
D. FLÁVIA	— Vai bater...

(Batem na porta.)

CARMELITA	— Piedade, Senhor! Piedade de nós!
MAURA	*(rápida)* — E de nosso pudor!
CARMELITA	— Piedade do nosso pudor!

(Sempre de costas para a porta da entrada, d. Flávia grita.)

D. FLÁVIA	— Podeis entrar, d. Assunta da Abadia!

(Entra d. Assunta da Abadia. Viúva como as outras e também de luto. Traz uma máscara hedionda.)

D. ASSUNTA	— Entrei, senhora viúva.
D. FLÁVIA	— Estais sozinha, d. Assunta?
D. ASSUNTA	*(erguendo o braço, declamatória)* — Sozinha, sim!

(Viram-se as três viúvas num movimento único.)

AS TRÊS	— E o noivo?...
D. ASSUNTA	— Na varanda, senhoras... à espera que eu o convide.
D. FLÁVIA	*(pigarreia)* — Bem-vinda nesta casa, d. Assunta da Abadia!

(D. Assunta beija e se deixa beijar pelas três viúvas. Unem-se as quatro cabeças.)

D. ASSUNTA	— Como vai, d. Flávia?
D. FLÁVIA	— Assim, assim.
MAURA	— E vós, d. Assunta?
D. ASSUNTA	— Ai de mim!
CARMELITA	— Ora essa, por quê?
D. ASSUNTA	— Os rins, d. Flávia.
MAURA	*(num suspiro)* — Caso sério!

(As senhoras presentes adotam um tom convencionalíssimo de visita. Grande atividade dos leques.)

D. ASSUNTA	— Cada vez mais feia, d. Flávia!
D. FLÁVIA	— A senhora acha?
D. ASSUNTA	— Claro.
D. FLÁVIA	— E a senhora está com uma aparência péssima!
MAURA	— Horrível!

(A conversa anterior representa o cúmulo da amabilidade.)

D. ASSUNTA	— Acredito. Me apareceram umas irrupções aqui... Bem aqui...
D. FLÁVIA	— Estou vendo.
D. ASSUNTA	— De forma que estou muito satisfeita!
D. FLÁVIA	— Faço uma ideia.
D. ASSUNTA	— Carmelita e Maura também estão com uma aparência muito desagradável...
AS DUAS	*(numa mesura de menina)* — Ora, d. Assunta!
D. FLÁVIA	— Aliás, não é novidade nenhuma, toda a nossa família é de mulheres feiíssimas...
MAURA	— Se é...
D. ASSUNTA	— E por isso tenho por vós consideração... Porque sois horríveis, como eu... Nunca, vos garanto, daria a uma mulher de outra família o meu

	filho... Deus me livre... E sabeis que, na minha noite de núpcias, tive uma coisa parecida com vossa indisposição...
D. FLÁVIA	— Não diga!
D. ASSUNTA	— Mas não... Foi um doce que eu comi!
MAURA	— Que pena, d. Assunta!
DAS DORES	— Mãe! Já veio a minha primeira noite?
D. FLÁVIA	— Quase, minha filha, quase! *(para d. Assunta)* Está aflita que a senhora nem faz ideia!
D. ASSUNTA	— Também é natural...

(Continuam as quatro viúvas o seu jogo de frivolidades.)

D. FLÁVIA	— Voltemos ao assunto... digo-lhe mais, a senhora piorou muito da última vez em que a vi... Não há nem comparação!
MAURA	— Não tinha tanta espinha...
D. ASSUNTA	*(lisonjeada)* — Acham?
CARMELITA	— Tem muito mais!
D. ASSUNTA	— Foi a bendita irrupção!
D. FLÁVIA	— Espinha em mulher é bom sinal! Não acredito em mulher de pele boa...
MAURA	— Nem eu...
D. FLÁVIA	— Observei uma coisa: a mulher que tem muita espinha geralmente é séria... Não prevarica...

MAURA	— Lógico!
CARMELITA	*(para d. Assunta)* — De forma que a senhora está de parabéns...
D. ASSUNTA	*(modesta)* — Não posso me queixar!
D. FLÁVIA	— Antes assim...

(Do fundo da cena Das Dores estende os braços na direção das quatro mulheres.)

DAS DORES	— E esse noivo que não vem nunca... E essa primeira noite que não aparece...
D. FLÁVIA	— Hoje em dia os filhos são assim — não gostam de esperar.
MAURA	— É a educação moderna.
D. ASSUNTA	— Bem — já fiz a minha cortesia... Agora vou buscar meu filho.

(D. Assunta que, até então, se caracterizara por uma cordialidade convencional de visita, transfigura-se. Recua dois ou três passos e dramatiza a voz.)

D. ASSUNTA	— Eu, d. Assunta da Abadia, viúva triste, venho trazer, pela mão, conforme o prometido, o meu filho — Eusébio da Abadia...
DAS DORES	*(saboreando)* — Eusébio... e da Abadia...

AS TRÊS VIÚVAS	*(artificialíssimas)* — E nós agradecemos em nosso nome, assim como no de nossa filha, Maria das Dores, chamada Das Dores... ali presente...
D. FLÁVIA	— Amém.

(D. Assunta da Abadia vai buscar o filho que ficara na varanda. Rápidas, as três viúvas colocam-se em grupo numa das extremidades do palco e ficam de costas para a porta de entrada. Todas cobrem o rosto, inclusive Das Dores. Regressa d. Assunta da Abadia, trazendo um embrulho, amarrado em cordão de presente.)

D. ASSUNTA	— Eu, d. Assunta da Abadia, residente ali adiante, aqui deposito meu filho... *(d. Assunta põe-se a desamarrar o embrulho)* ...Eusébio da Abadia... *(encontra sérias dificuldades para desfazer o nó)* Nó impossível! *(até que, enfim, o nó desfeito, surgem duas botinas desabotoadas)* Coloco onde?
D. FLÁVIA	— Em cima da mesa!
D. ASSUNTA	— Não tem mesa...
D. FLÁVIA	— No chão mesmo...

(D. Assunta põe as duas botinas em cima de uma espécie de pedestal.)

D. ASSUNTA	— Falando de viúva para viúva.
D. FLÁVIA	*(de costas)* — Como não, d. Assunta?
D. ASSUNTA	— ...quando devo passar por aqui para apanhar meu filho?
D. FLÁVIA	— Depende.
D. ASSUNTA	— Mais ou menos...
D. FLÁVIA	— Às 11 horas, meia-noite, por aí... A não ser que a náusea venha antes... E como eu disse — depende... Essas coisas variam...
MAURA	— Mandaremos avisar na ocasião...

(D. Assunta despede-se do filho e fá-lo com uma dramaticidade caricatural.)

D. ASSUNTA	— Eusebiozinho — adeus... Cuidado com o sereno... Não apanhe friagem...

(D. Assunta já vai saindo, em lágrimas, quando, de repente, para e bate na testa.)

D. ASSUNTA	*(dramática)* — Quando saímos eu podia ter pingado em você o remédio de ouvido. E me esqueci. *(abandona a cena levando na alma o desespero atroz do lapso de memória)*
DAS DORES	*(num grito desesperado)* — Mãe!

D. FLÁVIA	*(para as primas)*	— Ela pensa que tem cordas vocais...
MAURA		— Pensa que pode falar...
D. FLÁVIA	*(baixo, embora a distância)*	— Diz, minha filha...
DAS DORES	*(espantada)*	— Ouviste?
D. FLÁVIA		— O quê?
DAS DORES	*(em desespero)*	— Ela saiu e se esqueceu de pingar o remédio de ouvido...
D. FLÁVIA		— Que coisa, hem!...
DAS DORES		— Horrível!
D. FLÁVIA	*(num grito brusco)*	— Das Dores, já está aí a tua noite de núpcias!
DAS DORES	*(ofegante)*	— Sei...
D. FLÁVIA	*(num crescendo declamatório)*	— E arredondei, para tua noite de núpcias, uma cúpula de silêncio e azul... Bem como providenciei algumas estrelas vadias...
DAS DORES		— Posso, então, conhecer a minha primeira noite?
D. FLÁVIA	*(como quem dá a partida para uma prova de velocidade)*	— Já!
DAS DORES		— Mas... E eu verei meu noivo, mãe?
D. FLÁVIA	*(num grito histérico)*	— Não!
DAS DORES	*(humilhada)*	— Nem precisava dizer... eu sei que não... eu sei que não o veria

	nunca... Quantas vezes me disseste que nenhuma de nós consegue ver um homem. É um defeito de visão, eu sei, claro...
D. FLÁVIA	— Uma graça de Deus!
DAS DORES	— Uma graça de Deus... acredito que seja... e recebo esta graça... se chegar um homem perto de mim... e me carregar no colo... ainda assim eu serei cega... apenas sentirei seu hálito... poderei tateá-lo às cegas...
D. FLÁVIA	— Sim...
DAS DORES	*(fremente)* — Eu me sinto feliz de ser como vós... *(muda de tom)* mas tens certeza de que nunca verei meu marido?
D. FLÁVIA	— Nunca!
DAS DORES	*(dolorosa)* — Graças, graças! *(de novo inquieta)* Mas não verei absolutamente nada? Nem uma sobrancelha solta no ar?... Nem um botão de punho?... Ou, quem sabe, um colarinho de ponta virada?
D. FLÁVIA	*(feroz)* — Nada!
DAS DORES	— Nada... E se uma mulher da família, uma de nós...
D. FLÁVIA	— Não!

DAS DORES	*(baixo)* — ...visse o colete de um homem, se conseguisse ver um colete...
D. FLÁVIA	*(sob terror)* — Nunca! Que seria de nós? Que seria das parentas mortas? Que seria dos véus que guardamos nas cômodas? Não teríamos consolo para a nossa vergonha — nem em vida, nem na morte!...
DAS DORES	— E agora? Posso virar?
D. FLÁVIA	— Sim, Das Dores, podes virar...

(Das Dores volta-se lentamente, com o medo no coração. Imobiliza-se de costas para as botinas, protegidas sob os leques das três viúvas.)

D. FLÁVIA	— Estás olhando na direção do teu noivo?
DAS DORES	*(aproximando-se das botinas)* — Sim...
D. FLÁVIA	*(exultante)* — Eu não disse que não verias nada? Não te disse sempre?
DAS DORES	— Sempre...
D. FLÁVIA	— Te jurei que não verias...
DAS DORES	*(num sopro de voz)* — Juraste...
D. FLÁVIA	— ...nem um botão de punho...
DAS DORES	— Nem isso... *(à medida que se aproxima, Das Dores exprime seu espanto e seu deslumbramento)*

D. FLÁVIA — ...nem um pivô na boca.

(Das Dores, que vinha rastejando em direção das botinas, ergue-se, frenética.)

DAS DORES — Olha, então!

(As três viúvas voltam-se num movimento único. Sobem nas cadeiras e olham por cima dos leques.)

DAS DORES *(num sopro)* — Estás vendo?
D. FLÁVIA *(num sopro)* — Onde?
DAS DORES *(exultante, gritando)* — Ali!
D. FLÁVIA *(apavorada)* — Não... não vejo nada...
AS DUAS OUTRAS — Nem nós...

(Num movimento simultâneo as três primas abrem os leques de cores berrantes, detrás dos quais escondem os olhos.)

DAS DORES — Por que mentes, mãe?
D. FLÁVIA — Minto sim... eu vejo e não queria... são meus olhos que não me obedecem mais... veem contra a minha vontade...
MAURA *(sempre por detrás do leque)* — Antes não víamos nada... coisa nenhuma...

CARMELITA	*(sempre por detrás do leque)* — Eu não vi meu marido... deitei-me e não o vi... tive a náusea sem vê-lo...
MAURA	— Também não vi meu marido... nem homem nenhum... uma vez...

(Juntam-se os três rostos de viúva para melhor ouvirem o brevíssimo relato.)

CARMELITA	*(sôfrega)* — Quando?
MAURA	*(baixo)* — Há muito tempo... Acho até que eu usava meia curta e saia em cima do joelho...
D. FLÁVIA	*(sôfrega)* — Continua!...
CARMELITA	— Entrei num velório de homem...

(D. Flávia e Maura, rápidas, cobrem o rosto com o leque.)

MAURA	*(em pânico)* — Deus me livre!
CARMELITA	*(continuando)* — Então, subi na escadinha de dois degraus... Espiei o homem que morrera. Não vi o defunto, não vi nem mesmo o lencinho que cobria o rosto... só vi as flores cansadíssimas da noite em claro e o sono dos círios...

(Levadas pelo medo comum, fogem para a outra extremidade do palco, onde se agacham fazendo do leque um frágil escudo de pudor.)

DAS DORES	— Pensei que não veria coisa nenhuma... nem mesmo um pivô entre os dentes vivos...
CARMELITA	— Tenho medo!
MAURA	— E agora?
CARMELITA	— Ó Deus de todas as misericórdias!...
D. FLÁVIA	*(erguendo os dois braços, num fundo gemido)* — Por que nos destes olhos?

(No seu deslumbramento nupcial, Das Dores está em pleno idílio. Ela mesma, porém, empurra as botinas pelos calcanhares. Este movimento significa que as botinas se afastam da noiva.)

DAS DORES	*(persuasiva)* — Não fujas... te juro que tomarei conta de ti direitinho... melhor que tua mãe... não te deixarei apanhar friagem nunca... não te deixarei andar descalço no ladrilho frio... nem consentirei que o sereno te resfrie... e nunca esquecerei de pingar o remédio de ouvido... Por que foges de mim, se não te fiz nada?
D. FLÁVIA	— O noivo não quer a noiva!
MAURA	*(rápida)* — Refuga!

DAS DORES — Talvez não me aches bonita... mas se eu fosse bonita me perderias... não me incomodo que tenhas dores de ouvido... te dou minha palavra que não considero isso defeito — Deus me livre! E se tivesses ataques eu não ligaria também... Cuidaria ainda de ti...

(As três viúvas, temerosas, aproximam-se do idílio. Mas os festivos leques estão na frente.)

MAURA — E a náusea?

D. FLÁVIA — Virá...

MAURA — E se não vier?

D. FLÁVIA *(grave e profética)* — Eu sei... De repente virá, de repente... E Das Dores se torcerá diante de nós...

MAURA *(gritando)* — Pode não vir!

D. FLÁVIA *(ameaçadora)* — Veio para nós...

MAURA *(em desespero)* — Para nós veio... Para mim veio... e eu me torci... eu gritei... mas Das Dores não gritou, nem se torceu...

D. FLÁVIA *(ameaçadora)* — Ou duvidas?

MAURA *(recuando)* — Não, não...

D. FLÁVIA *(feroz)* — É pecado duvidar da náusea!

MAURA — Sei que é... ou deve ser... pecado... mas...

(Maura fascinada põe-se na ponta dos pés, olha o idílio por cima do leque.)

CARMELITA *(num grito)* — Maura está olhando!

MAURA *(cobrindo o rosto com o leque)* — Alguma coisa mudou o ar desta casa...

CARMELITA *(apavorada)* — Olhaste por cima do leque!

D. FLÁVIA *(para Maura)* — Estás doida?

MAURA *(num sopro)* — Doida? Por que não? Posso estar doida sem saber... *(muda de tom)* Mas se estou doida, salva-me, então, da minha loucura! Salva-me do que eu fizer, salva-me dos meus próprios atos!

(Maura agarra d. Flávia pelos dois braços, sacode-a.)

MAURA *(lenta e feroz)* — Tu que és a mais velha de nós e a mais feia...

D. FLÁVIA — Sou...

MAURA *(num crescendo)* — Tu que inicias as orações na mesa e, no final, dizes Amém... salva-me do que eu estou pensando...

(Sem transição as viúvas voltam-se na direção de Das Dores e das botinas.)

D. FLÁVIA	— O que foi que ela disse?
DAS DORES	*(doce e arrebatada)* — Bonito como um nome de barco...
D. FLÁVIA	*(em pânico)* — Ela disse isso?
AS DUAS	*(categóricas)* — Não!
D. FLÁVIA	*(lenta e aliviada)* — Não disse... Nós que ouvimos mal... Não podia ter dito...
AS DUAS	*(com acento doloroso)* — Sim, ouvimos mal...
MAURA	*(num brusco lamento)* — Se eu pudesse não pensar, se pudesse não sonhar!
D. FLÁVIA	— Pensas em quê?
MAURA	— Tenho medo!
D. FLÁVIA	— Que sonho é o teu?
MAURA	*(recuando)* — Não diria a ninguém, nem a mim mesma — nunca...
D. FLÁVIA	*(persuasiva)* — Diz baixinho...

(Maura cai de joelhos.)

MAURA	*(num sopro)* — Não!...
D. FLÁVIA	— Pensas...
MAURA	*(completando)* — ...em botinas!
D. FLÁVIA	*(num sopro)* — Em quê?
MAURA	— ...em botinas e muitas... vejo, em toda parte *(baixa a voz e conclui)* botinas...

CARMELITA (*fascinada*) — DESABOTOADAS?

MAURA (*no seu pavor*) — Desabotoadas, sim...

D. FLÁVIA (*num grito feroz*) — Não!

MAURA (*feroz, também, e na sua euforia*) — Não há mais horizontes, nem águas, nem proas, nem voos... (*em adoração*) e sim botinas...

(*Vira-se, rápida, para olhar e apontar as botinas.*)

MAURA — Onde havia um voo — botinas... Onde havia um grito — outras...

(*D. Flávia e Carmelita, apavoradas, juntam-se, no canto da cena, agachadas, para ver o delírio da outra.*)

D. FLÁVIA — Está possessa!

MAURA — Aquilo que Das Dores disse — "bonito como um nome de barco..." Ou não disse?... talvez seja uma falsa lembrança minha... mas "quem" ou "que" seria bonita assim? quem? imagino... o noivo...

(*Maura aproxima-se das primas, que se ligam mais num medo maior.*)

MAURA — Tu sabes...

D. FLÁVIA (*num sopro*) — Não...

MAURA	*(feroz)* — Só o noivo podia ser bonito assim ou mais... *(mudando de tom)* Estou possessa, sim!
D. FLÁVIA	*(num sopro)* — Perdida...
MAURA	*(violenta)* — E tu?... és a mesma... continuas a mesma?...
D. FLÁVIA	— SEMPRE!
MAURA	— Não tens medo?
D. FLÁVIA	— Nenhum!
MAURA	*(soluçando)* — Juro que queria odiá-las e não consigo... ou esquecê-las... mas não posso... queria estrangulá-las, assim... com as minhas próprias mãos... porém sinto o que nunca senti... ensina-me um meio de esquecê-las e para sempre... de não pensar nelas... *(lenta)* E se, ao menos, eu não as visse desabotoadas... *(num lamento)* como poderei viver depois que as vi desabotoadas?
D. FLÁVIA	*(doce)* — Eu te salvarei...
MAURA	— Ó graças... Porque, enquanto viva, eu pensarei nelas... Viva eu mil anos e elas estarão diante de mim, espiando até no meu sono, no fundo do meu sono...
D. FLÁVIA	*(doce)* — Dormirias?...
MAURA	— Dormiria, sim... *(veemente)* mas o sono não me salvaria... o sono é pouco... e eu poderia sonhar...

D. FLÁVIA	— Imagino...
MAURA	*(com medo)* — Não quero nenhum sonho!
D. FLÁVIA	*(baixo)* — Morrer?
MAURA	— Talvez... mas queria uma morte em que não houvesse botinas...
D. FLÁVIA	*(com secreta alegria)* — Esta morte sim... e não outra... te darei esta morte...
MAURA	— Então depressa... quero morrer... ainda as vejo... É delírio...
D. FLÁVIA	— É teu delírio...

(Maura de joelhos.)

MAURA	*(feroz)* — Delírio ou não, estão diante de mim... As duas...

(D. Flávia, a distância, estrangula, apenas simbolicamente, a prima. Carmelita cobre o rosto com o leque. Maura morre sem ser tocada.)

CARMELITA	— Estamos sozinhas...
D. FLÁVIA	— Mas existe uma morta entre nós duas...

(Maura está, realmente, deitada entre as duas. D. Flávia coloca o leque sobre o rosto da morta.)

CARMELITA	— Só uma morta?
D. FLÁVIA	— Sim...
CARMELITA	— Só uma morta... *(outro tom)* Viste? No último momento ela perdeu a alma...
D. FLÁVIA	— AGORA é a tua vez...
CARMELITA	— Não, não!
D. FLÁVIA	— Tens medo?...
CARMELITA	— Morrer por quê?
D. FLÁVIA	— Sei em que pensas, com que sonhas...
CARMELITA	*(apavorada)* — Não penso em nada, nem sonho...
D. FLÁVIA	— Confessa...
CARMELITA	— Eu não pensaria em botinas nem sonharia... *(feroz)* E aqui não há só uma morta... Alguém morreu, além de MAURA...
D. FLÁVIA	— Quem?
CARMELITA	— E não sei se já é morte ou agonia... Alguém está morrendo ou agonizando dentro da família... Alguém se retorce e agoniza... *(grita)* Não imaginaste ainda? Não adivinhas quem?
D. FLÁVIA	— Não.
CARMELITA	*(exultando)* — A náusea... Agonia ou morte, não sei... Mas se não morreu ainda, morrerá... Atravessada por uma lança, como na gravura de são Jorge...

D. FLÁVIA	*(espantada)* — É mentira!... Não morreu...
CARMELITA	*(em tom de monólogo)* — Devo morrer?... Preciso morrer?... *(espantada)* Sim, devo *(destacando as sílabas)* Preciso... *(exaltada)* Depois de tantas vigílias, a febre cinge minha fronte, um delírio rompe de mim... E se, ao menos, eu pudesse mergulhar o rosto numa chama e levá-lo no fogo!...
D. FLÁVIA	— Te darei uma morte sem sonhos...
CARMELITA	*(dolorosa)* — Não!
D. FLÁVIA	— Precisas morrer...
CARMELITA	— Não...
D. FLÁVIA	— Blasfemaste contra a náusea... Nenhuma outra mulher da família ousou tanto... E por isso deves expiar a tua culpa...
CARMELITA	— Prefiro a vida... antes, queria morrer, e agora não...
D. FLÁVIA	— É tarde...
CARMELITA	*(em delírio)* — Não eram tantas... Só um par... E agora são muito mais... Quantas... morreria mil vezes se me prometesses...

(D. Flávia já está com as mãos em torno do pescoço da prima.)

CARMELITA — ...se me prometesses uma morte como nenhuma outra mulher teve...

D. FLÁVIA — Fala.

CARMELITA *(arquejante)* — Uma outra eternidade... *(veemente)* Eu não aceitaria uma eternidade em que não houvesse um par de botinas...

D. FLÁVIA — Sim.

CARMELITA — Eu não desejaria nada mais... As botinas, só... E bastariam... Não haveria testemunha... *(veemente)* Tudo que não tem testemunha deixa de ser pecado...

D. FLÁVIA — Agora escuta...

CARMELITA *(arquejante)* — Escuto...

D. FLÁVIA — Grava na tua agonia estas minhas palavras... Estou apertando, mas não o bastante para perderes os sentidos... Tua morte será um deserto de botinas... Não verás um único par na tua eternidade... E agora morre assim, morre...

(A distância, sem tocar na vítima, d. Flávia faz outro estrangulamento "simbólico". Carmelita morre.)

D. FLÁVIA — Morta.

(D. Flávia prepara uma espécie de câmara ardente para as duas primas. Cobre o rosto de Carmelita com um leque e aos

pés de cada uma, uma vela acesa. Quando acaba, Doroteia aparece na porta.)

D. FLÁVIA (*aproximando-se, sôfrega, da outra)* — Viste o Nepomuceno?

DOROTEIA (*com angústia)* — Deixei-o agora mesmo!

(Pausa.)

D. FLÁVIA (*ávida)* — Fala!

DOROTEIA — Me recebeu muito bem... É um senhor educado... E no fim me acompanhou à porta...

D. FLÁVIA (*ávida)* — Pediste as chagas?

DOROTEIA (*baixando a cabeça e virando o rosto em sinal de pudor)* — Pedi...

D. FLÁVIA — Que mais?

DOROTEIA — Ele disse que eu escolhesse a que quisesse...

(Ainda mais sensível o pudor de Doroteia.)

D. FLÁVIA (*feroz, gritando)* — Escolheste uma só?

DOROTEIA (*cedendo ao desespero)* — Muitas!

D. FLÁVIA (*traindo a própria alegria)* — Quanto, mais ou menos?

DOROTEIA (*como sonâmbula*) — Não sei direito... Não me lembro bem...

D. FLÁVIA (*furiosa*) — Mas eu quero saber, preciso saber... (*arquejante*) Preciso... o número exato... (*frenética*) Quanto?

DOROTEIA (*com sofrimento*) — Umas quatro ou cinco... (*quase alegre*) Mas ele pôs todas à minha disposição...

D. FLÁVIA (*dolorosa*) — Devias ter pedido mais, por que não pediste mais?

DOROTEIA (*fremente*) — O sr. Nepomuceno me mostrou umas que ardiam mais, que consumiam como fogo... E outras nem tanto... (*sonhadora*) Depois me chamou de menina... (*num suspiro de reconhecimento*) Foi distintíssimo comigo...

D. FLÁVIA (*atormentada*) — Quatro ou cinco... Bastará para consumir tua beleza?... para comer teu riso?... E, se no fim de tudo, continuares linda...

DOROTEIA (*apavorada*) — Não!

D. FLÁVIA (*violenta*) — E para onde as chagas que trouxeste? Para que lugar?

DOROTEIA — Pois foi este o ponto que eu e o sr. Nepomuceno discutimos... (*hesita*) Uma no ombro...

D. FLÁVIA	— Teu ombro não importa... Sei que é bonito...
DOROTEIA	*(encantada)* — Muito!
D. FLÁVIA	— ...mas importa menos... primeiro o teu rosto... depois do rosto, ainda vem o seio... Só no fim, o ombro... Eu quero saber, para o rosto... quantas para o rosto?...
DOROTEIA	*(sem prestar atenção)* — Outra num ponto qualquer da coluna vertebral...
D. FLÁVIA	*(com mímica de choro)* — Para o rosto quantas?...
DOROTEIA	*(dolorosa, caindo em si, cobre o rosto com uma das mãos)* — Umas duas...
D. FLÁVIA	*(frenética)* — Não!... não!... É pouco: é muito pouco!...* (baixa a voz, atracada à outra)* Não disseste que os parentes têm o direito de exigir? Ou negas agora?...
DOROTEIA	*(desesperada)* — Não nego... O que eu disse confirmo... *(suplicante)* Claro, não é? Os parentes podem menosprezar uma fisionomia... E ainda mais sendo uma fisionomia como esta *(encosta a mão no próprio rosto)* que reconheço ser agradável...
D. FLÁVIA	*(terminante)* — Pois eu sou tua parente... A única que te resta... As outras duas morreram e minha filha

	nasceu morta... *(cresce de energia)* E eu, com esta autoridade que ninguém me tira!...
DOROTEIA	*(humilde)* — Concordo...
D. FLÁVIA	*(bruscamente doce)* — ...eu te digo que *(novamente feroz)* se não mudares de rosto, continuarás perdendo a todos os homens e a ti mesma... Continuarás separando os casais... Ardendo em paixão... Pensa, um momento que seja, nas tuas feições...

(D. Flávia acaricia o rosto de Doroteia.)

DOROTEIA	*(doce e triste)* — São muito delicadas...
D. FLÁVIA	— E sabes o que te aconteceria, se não fosse eu?... *(agressiva)* Não, não, não imaginas...
DOROTEIA	*(apavorada)* — Calculo!
D. FLÁVIA	— Mas eu te direi... *(sinistra)* Teu rosto estaria sempre contigo!...
DOROTEIA	*(apavorada)* — Não!
D. FLÁVIA	— Tuas feições te perseguiriam... e se te escondesses, debaixo de qualquer coisa, teus traços ainda estariam contigo... *(violenta)* Imagina por um instante, imagina!
DOROTEIA	*(em pânico)* — Não imagino, nem quero...

D. FLÁVIA — Acabarias louca... louca de todo, vendo que tua beleza nem por momento te largaria... Sempre em ti, na vigília e no sonho... em ti...

DOROTEIA *(soluçante)* — Acredito!... Eu acabaria louca sim... Vendo a minha beleza em todos os espelhos, refletida em todas as águas e no chão, nas paredes... *(num apelo feroz)* Passa a mão pelo meu rosto... as unhas... *(sôfrega, agarra as mãos da outra, examina as unhas) (ofegante)* Ou garras... Arranca minhas feições... Para longe de mim...

D. FLÁVIA *(muito doce)* — Eu não posso... Desejaria, mas não posso... *(ainda mais doce)* Eu, não... Elas...

DOROTEIA *(num fio de voz)* — As chagas...

D. FLÁVIA *(ainda doce)* — Nepomuceno te deu certa quantidade de sua moléstia, que suponho bastante... Tua beleza vai ser destruída, não por mim, que só tenho unhas ou garras, mas por elas...

DOROTEIA *(num suspiro)* — Sim...

D. FLÁVIA — Deixarás de ter esse rosto... Compreendes agora?... Porque teu rosto precisa pagar... Não o ombro...

DOROTEIA — Estou compreendendo...

D. FLÁVIA — ...nem as costas, nem os joelhos... *(violenta)* Tua beleza está toda aqui... *(aperta entre as mãos o rosto de Doroteia)*

DOROTEIA *(veemente)* — Agora sei que meu rosto é culpado... E lhe digo que você foi muito boa comigo... Se me humilhou foi para meu bem... até me aconselhou a procurar o sr. Nepomuceno... lhe agradeço novamente... posso ter todos os defeitos e agi mal quando entrei para aquela vida... mas reconheço o bem que me fazem...

D. FLÁVIA — Sei... e agora vamos esperar... *(na sua felicidade realizada)* esperar a moléstia que vai reinar em ti, e a náusea que vai reinar na minha filha... *(iluminada)* E se viessem ao mesmo tempo?

DOROTEIA *(doce)* — Seria tão bom!...

(D. Flávia senta-se de frente para a plateia; abre sobre os joelhos um novelo de lã e inicia a mais casta das atividades: o tricô. Doroteia de pé, a seu lado, ergue o rosto, os olhos fechados, as mãos postas.)

FIM DO SEGUNDO ATO

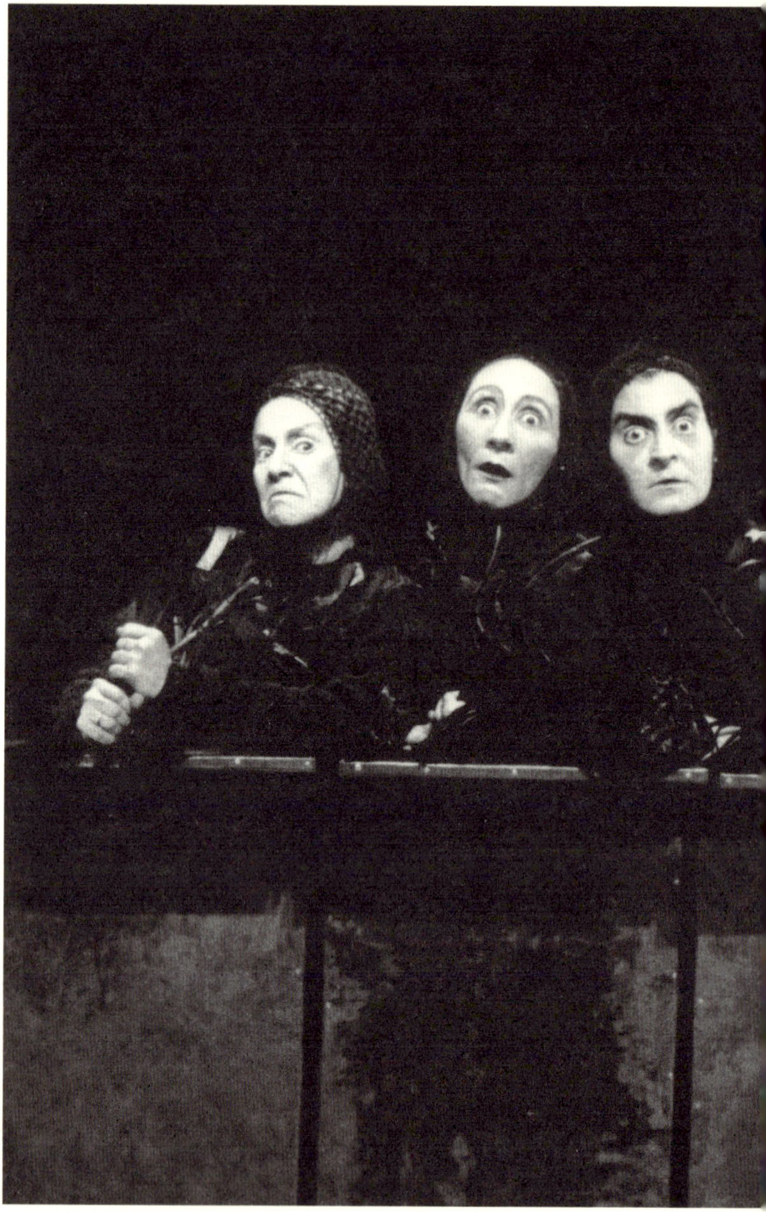

TERCEIRO ATO

(Abre o pano. D. Flávia e Doroteia estão agachadas numa das extremidades do palco. Olham, apavoradas, para o jarro, que acaba de aparecer. Deslocam-se, em pânico, de um lugar para o outro. Mas nem assim se libertam da visão.)

D. FLÁVIA *(com mímica de choro)* — O jarro!

DOROTEIA *(justificando-se)* — Deve ser algum engano... *(para d. Flávia)* eu agora sou direita!... Com certeza ele não sabe ainda... Então é preciso avisar...

D. FLÁVIA *(rosto a rosto com Doroteia) (baixo)* — Acho que ele veio porque... *(vacila, olhando para Doroteia)* resta alguma coisa em ti... *(baixa a voz)* Resta em ti alguma coisa de tua beleza... Algo que ainda não foi condenado...

DOROTEIA *(em pânico)* — Não...

(D. Flávia apanha, numa das mãos, uma trança de Doroteia.)

D. FLÁVIA — Quem sabe se o jarro veio, continua vindo, por causa de teus cabelos?

DOROTEIA *(espantada)* — Meus cabelos... *(aperta a fronte entre as mãos)* São tão calados que a gente até esquece que eles existem...

D. FLÁVIA — Se eu fosse homem, gostaria deles...

DOROTEIA *(meio assustada)* — Acredito...

D. FLÁVIA *(com brusco ódio)* — Por isso mesmo, devem ser arrancados de ti!... *(lenta e grave)* Teus cabelos devem morrer, Doroteia...

DOROTEIA *(apavorada)* — Eu sei que não fica bem para uma senhora honesta ter cabelos assim... Não convém... Mas...

D. FLÁVIA *(agressiva)* — Ou tens medo?

DOROTEIA — E se nós os perdoássemos?

D. FLÁVIA *(feroz)* — Não... o jarro não te deixaria em paz nunca... O jarro não perdoaria...

DOROTEIA — Sei que não... ou imagino... e desde que me regenerei que não me penteio... me esqueci de minha cabeleira... nem ligo... é como se não existisse... *(com angústia)* Mas vê só o silêncio dos meus cabelos... presta atenção... Nenhum rumor, como se já estivessem mortos...

D. FLÁVIA (*num sopro*) — Tudo em ti precisa ser castigado!

DOROTEIA — Tudo?

D. FLÁVIA — Sim.

DOROTEIA (*excitada*) — Sei... e é justo... muito justo, até... nem pense que estou reclamando. (*categórica*) Deus me livre! Tudo deve pagar — cabelos, joelhos, olhos...

D. FLÁVIA (*espantada*) — Olhos... Eu falei neles, sim... mas só de passagem... sem ódio... sem odiá-los como eles merecem... (*doce, tomando o rosto de Doroteia entre as mãos*) Deixa eu olhar bem no fundo dos teus olhos... assim.

DOROTEIA — Vê um e depois outro...

D. FLÁVIA — Parece incrível! Eu ia-me esquecendo de odiá-los... Deixa eu ver se eles conservam o mesmo brilho... Ou se já é uma luz ensanguentada...

DOROTEIA (*apavorada*) — É cedo, ainda...

D. FLÁVIA (*violenta*) — Mas as chagas já deviam ter vindo...

DOROTEIA (*com súbito desespero*) — Não!

D. FLÁVIA — Já, sim! Numa volta de sol nascem as estrelas... Uma por uma... (*exasperada*) E eu queria que tuas chagas nascessem já...

DOROTEIA	*(chorando)* — Eu também...
D. FLÁVIA	*(suplicante)* — E por que não nascem, se eu as espero? Há quanto tempo estamos aqui?... *(de novo feroz)* Por que demoram, se está tudo preparado?
DOROTEIA	*(olhando os próprios braços)* — Tudo!
D. FLÁVIA	— Não é mesmo?... A vista, o seio, o lábio, o ombro... Elas poderão morder em paz... cravar na tua carne a fome silenciosa... *(num grito)* Mas tardam!
DOROTEIA	— A culpa não é minha!
D. FLÁVIA	— Quem sabe? *(desesperada)* E a náusea de minha filha que também não veio?
DOROTEIA	— Que coisa!...
D. FLÁVIA	— Mas deve estar chegando... Agora falta pouco, tem que faltar pouco...
DOROTEIA	— Tomara!
D. FLÁVIA	*(num súbito grito)* — Das Dores!

(Das Dores está mergulhada no seu idílio com as botinas.)

DAS DORES	*(em sonho)* — Não ouvi teu chamado, mãe... Grita outra vez...
D. FLÁVIA	*(num grito maior)* — Minha filha!

DAS DORES	*(sempre doce)* — Ainda não ouvi... Talvez ouça o grito seguinte...
D. FLÁVIA	— Já veio a náusea?
DAS DORES	— Ainda não.
D. FLÁVIA	*(com voz de choro)* — Não veio...
DOROTEIA	— Virá?...
D. FLÁVIA	*(suplicante)* — Tens certeza, minha filha?... Tens certeza que não veio?
DAS DORES	*(sonhadora)* — Certeza absoluta.
D. FLÁVIA	*(num lamento, para Doroteia)* — Sempre veio... sempre...
DOROTEIA	— Vamos esperar.
D. FLÁVIA	*(aproximando-se da filha, sob a proteção do leque)* — Pede, minha filha... Implora esta náusea... Que venha depressa... porque, se não vier, será o teu fim, o nosso fim, a morte de tudo!
DAS DORES	*(lírica)* — Não sei se te ouço... Não sei se escuto tua voz...
D. FLÁVIA	— Ouve, minha filha; grava em ti estas palavras... Nossas cômodas, nossos gavetões... estão cheios de vestes conjugais... são roupas de falecidas parentas... *(num crescendo oratório)* De parentas que sofreram a náusea em plena noite de núpcias...

DAS DORES	— Não importa!
D. FLÁVIA	— Das Dores, invoca os espíritos da família... Chama os protetores... implora!
DAS DORES	— Não!
D. FLÁVIA	— Porque, se não pedires, tudo te amaldiçoará nesta casa!... As rendas antigas, os velhos bordados, os armários, os espelhos... *(profética)* Sim, tudo gritará contra ti...
DOROTEIA	*(feroz)* — Tudo!
DAS DORES	— Não quero... Para chamar os protetores da casa eu teria que me ajoelhar e eu estou deitada...
D. FLÁVIA	*(num grito)* — Ajoelha!
DAS DORES	— Não quero ficar de joelhos...
DOROTEIA	— É medo... Medo da indisposição...
DAS DORES	*(com certo medo)* — Nem escuto...
DOROTEIA	— Arranca tua filha... Arrasta tua filha!...
D. FLÁVIA	— Não posso... Só depois da náusea!...
DOROTEIA	*(baixo)* — Ou então...
D. FLÁVIA	— O quê?

(As duas estão juntas, rosto a rosto. Estranho segredo vai uni-las.)

DOROTEIA — Nós duas...

D. FLÁVIA *(baixo também)* — Eu e você?

DOROTEIA — Adivinhou?

D. FLÁVIA *(virando o rosto)* — Não adivinhei, nem quero... *(muda de tom)* Adivinhei sim... Leio nos seus olhos... Sei em que você está pensando neste momento...

DOROTEIA *(excitada e ainda em surdina)* — E não seria crime...

D. FLÁVIA *(ofegante)* — Claro que não... Seria até — bonito!

DOROTEIA *(com certa ferocidade)* — Então vamos!

D. FLÁVIA — Mas... e quando a mãe viesse buscar o filho? Diríamos o quê?

DOROTEIA — Diríamos que tinha havido um *(triunfante)* acidente... Ou então *(muda de tom)* um suicídio... por "desgostos íntimos"...

D. FLÁVIA — Não! Não!

DOROTEIA — Ninguém saberia, aposto... Ninguém... seria apenas um crime a mais... E o que é um crime?... Coisa comum... Garanto que, neste momento, alguém há-de estar matando alguém, em algum lugar... *(tentadora)* E se você tem medo, eu farei tudo... *(baixo)* E você só ajuda a carregar...

D. FLÁVIA	— Não!
DOROTEIA	— Covarde!
D. FLÁVIA	— Depois... Assim que Das Dores receber a náusea... e não antes...

(D. Flávia está agora de joelhos diante da filha, mas sempre defendendo o próprio rosto com o leque.)

D. FLÁVIA	— Nenhum sinal?
DAS DORES	— Nenhum.
D. FLÁVIA	*(ergue-se como uma possessa)* — Por quê, Senhor, por quê? *(num desespero maior)* Misericórdia para mim, misericórdia... Nasci com esta face de espanto e delírio... Nasci com este rosto que me acompanha como um destino!... E com esta dor de estrangulado gemendo... O sono cingiu minha fronte... E eu estou em vigília... Minha fronte vive em claro, minha fronte jamais adormeceu... Porque, no sonho, eu me queimaria em adoração... *(desesperada)* Mas eu beijo a flor de minha vigília... Senhor, nem os meus cabelos sonham! E por que um destino nega a náusea da minha filha?... Os meus dez dedos magros!

> Ó protetores desta casa... desta casa, onde todos os quartos morreram e só as salas vivem!

DAS DORES — Mãe...

D. FLÁVIA *(num apelo)* — Das Dores, minha filha... não sentes como se estivesse formando em ti, nas tuas profundezas, uma espécie de golfada?

DAS DORES — Eu tive um aviso, mãe... e sei que não vou ter a náusea... nem quero...

DOROTEIA *(num sopro)* — Doida!

D. FLÁVIA — Não blasfemes!

DAS DORES *(com absoluto fervor)* — Não quero, agora não quero... Meu noivo contou coisas que eu não conhecia... Contou uma história muito bonita... Disse que tinha dores de ouvido... Dessas que atravessam de uma fronte à outra fronte... E conheceu uma menina que morreu assim... E gritando... gritando com essa dor... Tanto que foi enterrada com o seu martírio... *(veemente)* Meu noivo diz que a menina morreu porque não pingaram o remédio... Eu acredito, mãe! Preciso ficar junto de meu noivo, sempre!

D. FLÁVIA — Queres perder a tua alma?

DAS DORES — Talvez...

D. FLÁVIA	— E se eu te chamar de maldita?
DAS DORES	— Chama!
D. FLÁVIA	— Maldita!
DAS DORES	— Sou maldita... Mil vezes maldita... Mas olha: *(ergue as duas botinas nas mãos)*
D. FLÁVIA	— Não!

(D. Flávia defende com o leque o ameaçado pudor.)

DAS DORES	— Minhas mãos pousadas... Quietas... Queria que minhas mãos morressem assim... Podes-me amaldiçoar...
D. FLÁVIA	— Já te amaldiçoei!
DAS DORES	— ...quantas vezes quiseres... Só não podes tirar o amor que já é meu...
D. FLÁVIA	*(virando-se, lenta)* — Posso!
DAS DORES	*(fremente)* — Nunca!
D. FLÁVIA	— Quem sabe... *(para Doroteia)* Ela diz que eu não posso, mas... *(rápida, na direção da filha, embora com o leque na frente)* E se eu disser que vou matar teu amor? Não acreditarias?
DAS DORES	*(feroz)* — Não!
D. FLÁVIA	— E se eu disser que deixarás de amar? e de odiar... Se eu disser que de mim, só

de mim, dependem a vida e a morte dos teus sentimentos?...

DAS DORES   *(erguendo-se)* — Mentira!

D. FLÁVIA   — Sim, tenho em mim este poder... *(ri, cruel)* Não acreditas, sei que "ainda" não acreditas... Neste momento, tu estás-me olhando... Se eu disser que perderás todos os olhares teus?...

(Das Dores estende as mãos, num gesto de defesa.)

D. FLÁVIA   — E que este gesto de mão tu não poderás repetir... *(lenta)* porque perderás o gesto e a mão... as duas mãos...

(Das Dores, como a defender-se de uma ameaça abominável, apanha as duas botinas e põe debaixo do braço.)

DAS DORES   — Não acredito...

D. FLÁVIA   — É o que vai acontecer contigo... Por minha vontade... Porque eu quero... *(bruscamente doce)* Há uma coisa que ignoras... Uma coisa que eu nunca te disse e que o resto da família escondeu de ti... Tenho uma testemunha — aquela mulher, outrora de vida airada e hoje de bom conceito... *(grita)* Doroteia!

DOROTEIA	— Eu.
D. FLÁVIA	— Serás testemunha...
DOROTEIA	— De que se trata?
D. FLÁVIA	— ...testemunha de minhas palavras, perante minha filha!
DOROTEIA	— Se estiver no meu alcance!
D. FLÁVIA	— Maria das Dores, tu nasceste de cinco meses e morta...
DAS DORES	— Morta!
D. FLÁVIA	— Muito morta! Não te dissemos nada, com pena...
DOROTEIA	*(condoída)* — Para não dar decepção...
D. FLÁVIA	— Tu não existes!
DAS DORES	*(atônita)* — Não existo?
D. FLÁVIA	— Tu não podias ser enterrada antes da náusea, sem teres tido a náusea... A família esperava que, na noite de núpcias, tu a sentisses... Então, voltarias para o teu nada, satisfeita, feliz... Dirias "que bom eu ter nascido morta! Que bom ter nascido de cinco meses... Antes assim!". Mas não aconteceu nada na tua noite de núpcias... O conto do teu noivo — essa história da dor de ouvidos — te enfeitiçou. *(para Doroteia)* Minto?

DOROTEIA — *(para Das Dores)* — Sua mãe disse a pura verdade!

DAS DORES — *(espantada)* — Nasci de cinco meses... *(desesperada)* Então esse gesto... *(esboça, no ar, um movimento com a mão)* Não tenho mão para fazê-lo?

D. FLÁVIA — *(feroz)* — Foi bom que tivesses nascido morta!... *(lenta)* Porque serias uma perdida... E não como nós... Não aceitaste em ti a náusea... em vez de enjoo, a volúpia... a adoração... Jamais serias como eu, que jamais amei ninguém, nem a mim mesma! *(gritando)* Por que continuas nesta casa, se és morta?

DAS DORES — — Vou partir!

D. FLÁVIA — — E já!

DAS DORES — — Mas antes quero que me ouças...

D. FLÁVIA — *(cruel)* — Fala, mas depressa... Diz tuas últimas palavras... E não te aproximes... Quero-te longe de mim... Volta para o teu nada...

DAS DORES — — Para o meu nada, não... Voltarei a ti!

D. FLÁVIA — *(com medo)* — Não!

DAS DORES — — Nasci morta... Não existo, mas *(incisiva)* quero viver em ti...

D. FLÁVIA	*(apavorada)* — Nunca!
DAS DORES	*(histérica)* — Em ti... serei, de novo, tua carne e teu sangue... e nascerei de teu ventre...
D. FLÁVIA	*(recuando)* — Não quero!
DAS DORES	*(para Doroteia)* — E tu, Doroteia...
DOROTEIA	*(numa mesura)* — Às ordens...
DAS DORES	— Outrora de vida airada e hoje de bom conceito... Foste testemunha de minha mãe... agora serás de mim contra minha mãe... Escuta: serei, de novo, filha de minha mãe! E nascerei viva... e crescerei... e me farei mulher...
DOROTEIA	— Acho difícil...
DAS DORES	*(feroz)* — Olha! *(num gesto brusco e selvagem tira a própria máscara e coloca-a no peito de d. Flávia)*
D. FLÁVIA	— Não! Não!

(A própria d. Flávia, com uma das mãos, mantém a máscara de encontro ao peito. Este é o símbolo plástico da nova maternidade.)

D. FLÁVIA	*(gritando histericamente)* — Não te quero na minha carne! Não te quero no meu sangue!

(*D. Flávia dirige suas palavras à máscara.*)

D. FLÁVIA — Eu seria mãe até de um lázaro, menos de ti!

(*Segurando a máscara de encontro ao peito d. Flávia se torce e se retorce no seu medo e no seu ódio.*)

DOROTEIA — É tua sina, mulher!

D. FLÁVIA — Não posso!

DOROTEIA (*baixo*) — E nem ao menos poderás esconder tua nova maternidade... Um vestido largo não bastaria... Todos vão saber que serás mãe... (*lenta, espantada*) E que vais dar à luz uma filha já falecida...

D. FLÁVIA (*num soluço maior*) — Salva-me! Salva-me!

DOROTEIA — Eu?

D. FLÁVIA (*histérica*) — Sim... Só tu, entre todas as mulheres, me poderás salvar!

DOROTEIA — Conforme...

D. FLÁVIA (*agarrando-se a Doroteia*) — Pensamos, hoje tantas vezes, em crime... Primeiro houve — não foi? — a ideia de te esganar... Depois minhas primas

	pediram que eu as livrasse do pecado e assim fiz...
DOROTEIA	— Ótimo!
D. FLÁVIA	— Estão, ali, com a morte que eu lhes dei... Por fim tu quiseste *(indica as botinas)* esganar o noivo...
DOROTEIA	— Foi...
D. FLÁVIA	*(baixando a voz, espantada)* — Mas a ideia do crime está voltando sempre... Agora mesmo, neste momento, eu a tenho em mim, gravada em mim... *(convulsiva)* Mas desta vez é para me salvar...
DOROTEIA	— Ainda não percebi!
D. FLÁVIA	*(rosto a rosto com Doroteia)* — Tu me salvarias se destruísses minha filha!
DOROTEIA	— Eu, logo eu?... mas, por quê, se eu sou apenas uma prima, quase uma estranha?... Não eu, *(gritando)* mas você... *(segredando com a outra)* Você que é mãe da menina... Você, que vai dar à luz duas vezes, pode soprar essa luz, cegar essa luz... Ninguém melhor que uma mãe, com mais autoridade, para sufocar aquilo que ela mesma gerou... A mãe pode pegar uma filha e lhe abrir o rosto ao meio, sendo que um perfil para cada lado...

D. FLÁVIA (*em desespero*) — Não posso... Queria, mas não posso... (*persuasiva*) Escuta: ela não aceitaria uma morte que viesse de mim, que eu lhe desse. Mas você pode. Das Dores não teria nada contra você... E se deixaria estrangular pelas tuas mãos...

(Dizendo isso, d. Flávia oferece a máscara a Doroteia, que recua, com medo.)

D. FLÁVIA — Toma!

DOROTEIA — Esganar a menina?... Mas ela não deve morrer para sempre... e por que castigar a sua inocência?...

D. FLÁVIA — Não é inocente, juro! Pecou contra a náusea!

DOROTEIA (*feroz*) — Outra vida deve morrer!

(D. Flávia coloca, novamente, a máscara de encontro ao peito.)

D. FLÁVIA (*num sussurro*) — Quem?

(Doroteia aponta para o par de botinas. D. Flávia sobe numa cadeira para olhar por cima do leque.)

D. FLÁVIA *(virando o rosto)* — Não!

DOROTEIA — Viras o rosto!

D. FLÁVIA *(dolorosa)* — Olhei por cima do leque... e não devia... Maura olhou e morreu... *(em desespero)* Desde que elas chegaram eu desejaria ser cega... Erro meu ter estes olhos...

DOROTEIA *(feroz)* — Porém eu não tenho medo!

D. FLÁVIA — Se, ao menos, não estivessem desabotoadas...

DOROTEIA — Por isso devem expiar... Numa casa, onde tem senhoras... Maura e Carmelita mortas, nós duas vivas... Não podemos viver sabendo que, perto de nós, estão *(lenta)* as botinas desabotoadas... Vamos?

D. FLÁVIA — Eu seria criminosa se a vítima estivesse com todos os botões em suas casas... Mas assim não... Não posso... não devo...

(Olha outra vez por cima do leque.)

DOROTEIA — Tu, uma senhora de bom proceder e farta virtude, com medo!... E eu não... Eu sem medo algum... Posso-me aproximar...

(Aproxima-se das botinas.)

DOROTEIA — Dar os meus carinhos, até...

D. FLÁVIA *(num grito, cobrindo-se com o leque)* — Não!

DOROTEIA — Posso olhá-las, não um minuto ou dois, mas dia após dia... E não sinto nada... É como se estivessem mortas... Vem, pode vir!

D. FLÁVIA — Nunca!

DOROTEIA — Te dou a minha palavra de que não acontecerá nada...

D. FLÁVIA — Não é por medo, que medo não tenho, graças a Deus... se disse que tinha, me enganei... *(furiosa)* Pensas que sou como tu, uma perdida?

DOROTEIA *(fremente)* — Já fui!... Mas agora me corrigi... Agora que tenho em mim as chagas... E as espero... *(maravilhada)* Elas vão reinar em mim... Vão nascer num seio, numa vista... vão-me devorar em silêncio... Menos os cabelos... ou os cabelos também? Talvez acabe como o sr. Nepomuceno que vive sozinho, acompanhado apenas pelos próprios gritos...

D. FLÁVIA *(num lamento)* — Só nós duas nesta casa... Nós duas e um par de botinas...

DOROTEIA	— Não queres olhar?
D. FLÁVIA	— Não!

(Doroteia ergue as botinas na altura do próprio rosto.)

DOROTEIA	— Posso fazer isso... Já não sou mulher... Tudo que era mulher morreu em mim... Aproximo meu rosto...

(Os calcanhares das botinas estão tocando o rosto de Doroteia.)

DOROTEIA	— ...da tentação... e estou fria. Eu própria sinto um frio de morte... meus cabelos estão gelados...
D. FLÁVIA	— Elas te queimam...
DOROTEIA	*(violenta)* — Vamos matá-las agora?
D. FLÁVIA	— Juro que nada me fará olhar...

(Ao mesmo tempo em que diz isso d. Flávia vira-se rápida e olha.)

D. FLÁVIA	— Não quero vê-las... Não darei um passo nessa direção...
DOROTEIA	*(num grito)* — Vem!

(D. Flávia faz o contrário do que diz.)

D. FLÁVIA   *(gritando)* — Seja eu a última das mulheres, se me aproximar, se...

(Continua caminhando.)

DOROTEIA   *(arquejante)* — Mais um passo!

D. FLÁVIA   — ...e que minha virtude se transforme em vergonha e minha febre em sonho se eu avançar ainda... *(avança mais)*

DOROTEIA   *(num sopro)* — Perdeste o medo...

D. FLÁVIA   *(atônita)* — Quem? Eu?

(D. Flávia parece cair em si. Vira-se bruscamente. Está, agora, de frente para a plateia.)

D. FLÁVIA   *(com medo)* — Minha filha está dentro de mim...

(Ergue o leque, cobrindo o rosto. Afasta-se das botinas. Coloca-se na outra extremidade do palco, agachada.)

D. FLÁVIA   — Minha filha é, de novo, minha carne e minha alma... Quer que eu tenha pensamentos... E que tudo em mim sonhe...

(De costas para a plateia, d. Flávia ergue, nas duas mãos, a máscara da filha. Trava-se, então, estranho diálogo.)

  D. FLÁVIA — A mim não me enganas... Imagino qual seja o teu delírio... Desgraçar minha virtude... queimar meu pudor... agora me arrastas... me puxas...

(Parece realmente que alguém está arrastando d. Flávia para as botinas. Continua o diálogo com a máscara.)

  D. FLÁVIA *(num grito)* — ...e um abismo grita por mim... Mas não vou... não irei...

(Na medida em que se aproxima as botinas se afastam como se refugassem a viúva.)

  DOROTEIA — Fogem de ti...
  D. FLÁVIA — Fogem... sinto que fogem...
  DOROTEIA — Têm horror de ti... *(recomeça o diálogo de d. Flávia com a máscara)*
  D. FLÁVIA — Estás-me dando visões que nunca tive... E este gesto não é meu... Nem esta alegria... Tenho ódio de mim. *(patética)* Por que me fazes rir? *(ri sinistramente)* Por que me dás vontade de cantar?

(D. Flávia começa a cantar, mas é um misto de canto e choro.)

DOROTEIA   (gritando) — Você está parecida com alguém... alguém que eu conheço... Quem? Já sei! Agora me lembro (cruel) com a minha senhoria, a dona do meu quarto... igualzinha... quando bebia ficava assim... cantava assim... muito liberal, dada... Ri, anda, ri!

D. FLÁVIA   — Não!

(Mas contra a própria vontade obedece, numa mistura repulsiva de riso e soluço. Seu riso voluntário se funde num involuntário soluço.)

DOROTEIA   — Parece uma velha bêbeda!

(D. Flávia corta bruscamente o próprio soluço. Estava com a máscara erguida nas duas mãos. Coloca-a na altura do peito.)

D. FLÁVIA   — Voltei a meu normal... Me sinto eu mesma... Minha filha agora está quieta, não está?

DOROTEIA   — Parece.

D. FLÁVIA   (para a máscara) — Estou descansando um pouco do teu ódio... (vira-se na direção das botinas, já com a máscara *na altura do peito)* E se elas viessem ao meu encontro...

DOROTEIA   *(num grito)* — Vêm sim! Vêm em nossa direção!

(O mesmo fantasma que trouxera o jarro está empurrando as botinas, pelos alcanhares. As duas mulheres se colocam numa das extremidades da cena.)

D. FLÁVIA   — Agora não tenho medo... estou, de novo, forte... senhora de mim mesma e de minha virtude... e nem importa que estejam desabotoadas...

(As botinas inclinam-se definitivamente a favor de Doroteia.)

DOROTEIA   *(rápida e baixo)* — Me procuram...

D. FLÁVIA   *(num grito)* — A ti?

DOROTEIA   *(iluminada)* — Sim!

D. FLÁVIA   *(com acento doloroso)* — Te escolheram...

DOROTEIA   — Explica-lhes que mudei... diz que já não sou a mesma... e que já deixei a profissão...

(Doroteia afasta-se levando as botinas e, mais adiante, coloca-as no chão.)

DOROTEIA — Para onde eu vou elas vão... como se, nesta casa, eu fosse a única mulher. *(muda de tom, veemente)* Cita as chagas que pedi a Nepomuceno...

D. FLÁVIA — Citarei... *(frenética)* Ela vai ter chagas... não uma nem duas, mas cinco... cinco! *(para Doroteia)* Continua! Talvez não acreditem em mim... Talvez pensem que estou despeitada... Mas eu seria incapaz, nunca... É verdade ou não o que eu estou dizendo?

DOROTEIA — Claro!

D. FLÁVIA *(tranquila)* — Agora que ele sabe, que tem a certeza das chagas, te deixará em paz... Então, ficaremos nós duas unidas, cada uma com a sua desgraça...

DOROTEIA — Cada uma com o seu gemido...

(As duas juntam-se no meio da cena.)

DOROTEIA *(segredando)* — Vieram atrás de mim...

D. FLÁVIA — Então não acreditaram no que eu disse...

(Segura Doroteia pelos dois braços. Olha nos seus ombros, busto, rosto.)

D. FLÁVIA — E eu sei por que duvidaram... Porque continuas com a pele boa... as chagas não vieram... *(feroz)* talvez não venham nunca!

DOROTEIA — Hão-de vir... O sr. Nepomuceno garantiu...

(Sem noção do que está fazendo, Doroteia penteia-se.)

DOROTEIA *(caindo em si)* — Que faço?

D. FLÁVIA — Teu penteado.

DOROTEIA — Mas não sou eu... são os meus movimentos que me penteiam... juro...

D. FLÁVIA — Bem que eu disse — teus cabelos deviam estar mortos!

DOROTEIA — Talvez... *(apavorada)* Estou sorrindo, não estou? Porém é contra a minha vontade... e agora, tenho certeza, que vou botar pó... *(começa a botar pó)* nos ombros, no pescoço...

D. FLÁVIA — Basta!

DOROTEIA — ...e agora debaixo do braço...

D. FLÁVIA	*(indicando as botinas)* — É por isso que elas te perseguem, te espreitam, não te largam!
DOROTEIA	— Sinto que meu hálito é doce... nunca foi tão doce... Mas por quê, se não espero ninguém... o jarro apareceu, eu sei... mas tanto pode ser para mim como para você... ou quem sabe se veio por engano? Bobagem minha, estar-me enfeitando...
D. FLÁVIA	— Não querias matá-las? Tu mesma tiveste a ideia... E disseste que era fácil... Te salvarei, Doroteia!
DOROTEIA	*(dolorosa)* — Salvar a mim... *(veemente)* E a ti não?
D. FLÁVIA	— A mim também...
DOROTEIA	— Só não queria que as fizesses sofrer... e não te ajudarei... não carregarei nada!
D. FLÁVIA	*(grave)* — Farei tudo sozinha... tudo... e pelas costas... à traição... para que não se possam defender...
DOROTEIA	— Covardia!

(De rastros d. Flávia faz a volta para surpreender as botinas pelos calcanhares. Abre as mãos, como se fosse estrangulá-las.)

D. FLÁVIA	— Estou vendo daqui... Desabotoadas... *(cobre-se com o leque)* E teria preferido uma vítima mais composta... *(baixa o leque)* Mas é preciso, por ti, por mim... Não serão tuas...
DOROTEIA	*(cobre o rosto com uma das mãos. D. Flávia a contragosto esboça uma carícia que Doroteia surpreende)* — Mata se quiseres, mas não lhes faça carinho!

(D. Flávia ergue-se em desespero, recua para o fundo da cena.)

D. FLÁVIA	*(chorando)* — Não posso!
DOROTEIA	— Graças...
D. FLÁVIA	— Só tuas chagas nos poderão salvar... olha no teu ombro... examina tua pele... Nada ainda?
DOROTEIA	— Nada!
D. FLÁVIA	— Nem ao menos uma espinha? Uma irrupção?

(Ilumina-se, no fundo da cena, o jarro; as duas voltam-se maravilhadas.)

DOROTEIA	— O aviso... a minha sina... *(cai de joelhos diante das botinas)* Bem que eu queria mudar de proceder. Porém o destino é mais forte...
D. FLÁVIA	*(possessa)* — Nunca, ouviste, nunca! Teus poros vão explodir...
DOROTEIA	*(eufórica)* — As chagas não vieram... Nem virão mais... Minha pele é uma maravilha... *(avança para d. Flávia de dedo em riste)* Como poucas... se olhares nas minhas costas, não encontrarás uma espinha... nem sarda... por isso nenhuma mulher gosta de mim... por isso até minha senhoria implicava comigo... porque não tenho manchas... Há no meu corpo sempre um cheiro bom...
D. FLÁVIA	*(chorando)* — Danada!
DOROTEIA	*(selvagem)* — E agora, vai para teu canto...
D. FLÁVIA	— Não...
DOROTEIA	— Vai! *(ri sem transição)* Fica no teu canto agachada — ruminando, com olhos de pavor... tua boca torta... Ri, agora!

(D. Flávia tem um riso soluçante.)

DOROTEIA	— Riso aleijado! *(riso musical de Doroteia para fixar o contraste)* Esconde teu rosto debaixo de qualquer coisa...
D. FLÁVIA	*(gritando)* — Amaldiçoo tuas feições... E cada um dos teus ombros... maldito esse hálito bom... cada seio teu... malditas tuas costas sem espinhas...
DOROTEIA	— Sou tão linda que, sozinha num quarto, seria amante de mim mesma...

(Na sua exaltação narcisista Doroteia faz um movimento rápido: vira as costas para a plateia e ao voltar-se está com uma máscara hedionda.)

D. FLÁVIA	*(assombrada)* — Teu rosto!
DOROTEIA	*(de joelhos diante das botinas)* — Minha sombra tem perfume... sou linda...
D. FLÁVIA	— Agora nem Nepomuceno te aceitaria!
DOROTEIA	*(imersa em sonho)* — Respira meu hálito bom... *(ergue-se espantada)* Por que citaste Nepomuceno? Não me aceitaria, por quê? Se foi tão amável comigo?

(O jarro é levado de cena.)

D. FLÁVIA	*(feroz)* — RI!
DOROTEIA	*(espantada)* — Vou rir... *(começa a rir. O som é apavorante)* Eu não ria assim...

	Deve ser engano... este riso não é meu... *(continua rindo contra a vontade)*
D. FLÁVIA	*(exultante)* — Fica no teu canto... rumina tua boca torta... e tua vista de sangue... esconde teu rosto de bicho debaixo de qualquer coisa...

(As botinas se afastam.)

D. FLÁVIA	— Elas te renegam...

(Entra d. Assunta da Abadia. Pé ante pé, olhando para todos os lados. Não vê nem d. Flávia nem Doroteia. Estas, rápidas, estão coladas à parede.)

D. ASSUNTA	— Ninguém... *(devagarinho, com muitíssimo cuidado para não fazer barulho, aproximando-se das botinas. Faz psiu para o filho)* Silêncio, meu filho — psiu... *(ralhando)* Não faça barulho para não incomodar... *(descobre um papel e põe-se a embrulhar o filho e a comentar com ele a noite de núpcias)* Já sei, não precisa contar, que já imagino tudo, tudinho... Em certa altura sua noiva teve a náusea etc... Pois é, aqui nesta família é assim, sempre foi assim e pronto. Diabo de barbante. *(está, no momento, amarrando o embrulho*

do filho com barbante de presente)
E agora vamos andando, que já está amanhecendo e *(suspira)* tenho muito que fazer em casa... A louça está em cima da pia, ainda por lavar... *(pé ante pé, com o embrulho das botinas debaixo do braço, d. Assunta abandona a cena)*

DOROTEIA — Eu não merecia ser destratada... nunca ninguém me fez a desfeita de me recusar... eu tinha muita sorte, muita... Basta dizer que, até nas segundas-feiras, de manhã, havia quem me quisesse...

D. FLÁVIA — Nesse tempo não tinhas as chagas...

DOROTEIA — Elas chegaram tão de repente que nem as senti... Acho que nem o nascimento de uma espinha passa tão despercebido... Foi preciso que avisasses...

D. FLÁVIA — Foi...

DOROTEIA — E já começam a me devorar... Várias no rosto, como desejavas... eu que pensei que só fossem cinco... agora o jarro não quer me acompanhar... deve estar interessado em alguma mulher de pele boa... Eu não poderei mais ser leviana... *(violenta para d. Flávia)*
— Qual será o nosso destino?

(As duas ficam juntas de frente para a plateia. Muito eretas e unidas. Fazem a fusão de suas desgraças. D. Flávia continua segurando a máscara da filha na altura do peito. E dá à companheira a mão livre. São para sempre solidárias.)

DOROTEIA — *(num apelo maior)* — Qual será o nosso fim?

D. FLÁVIA — *(lenta)* — Vamos apodrecer juntas.

FIM DO TERCEIRO E ÚLTIMO ATO

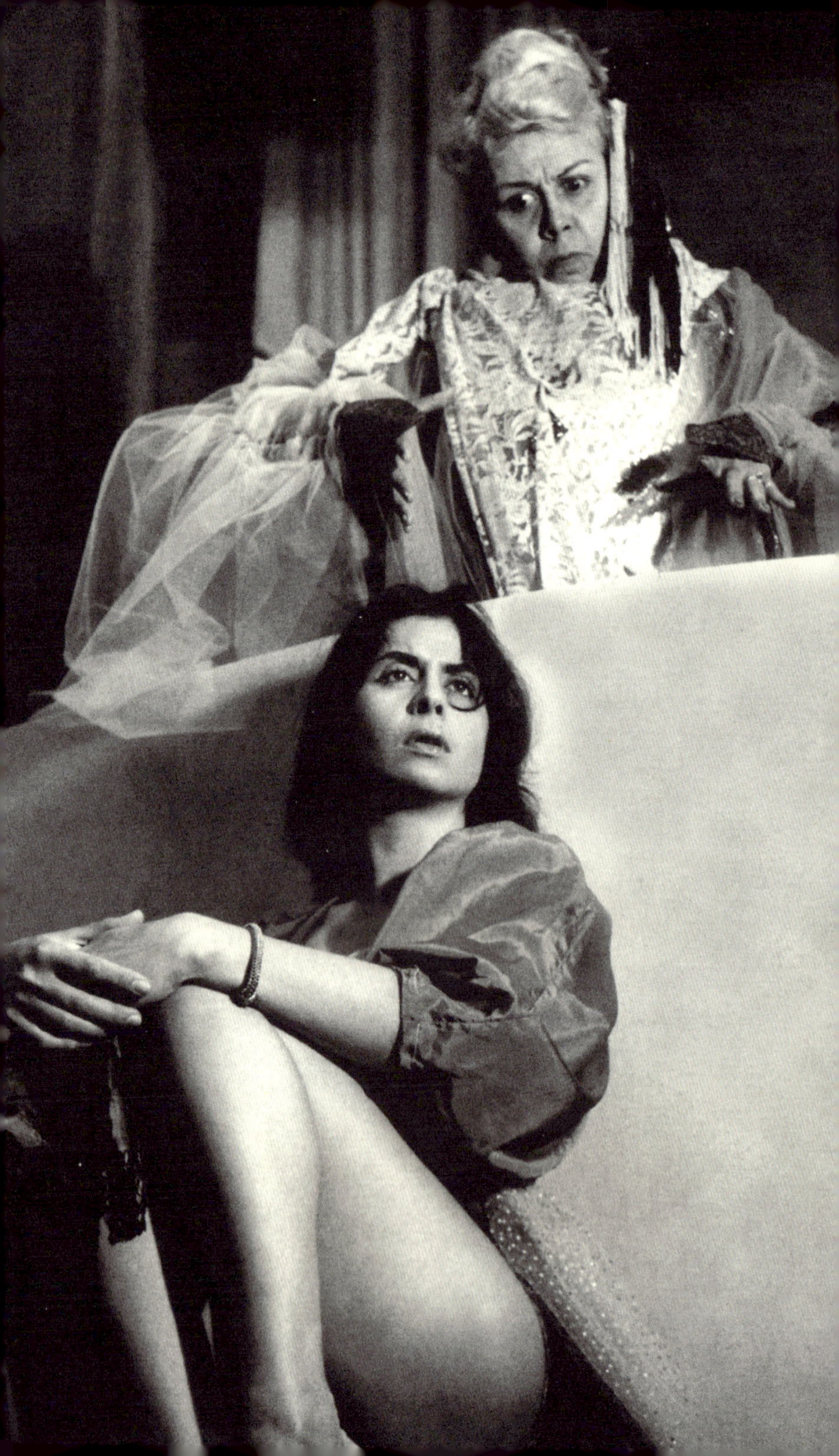

POSFÁCIO

O EXERCÍCIO DA CULPA
Sergio Fonta*

No tênue fio entre a vida e a treva estabelecido em *Doroteia* moram inusitadas personagens, varadas pelo culto ao pecado, construídas ou desconstruídas, ou ainda, destruídas na essência deste mesmo pecado absoluto, sem nenhuma possibilidade de luz interior, assombradas por tudo o que vem "lá de fora", mulheres encerradas em uma casa sem quartos, num universo de clausura e castidade. E vigília. Cristaliza-se o pavor quando a jovem e bela Doroteia bate à porta da casa de suas primas em alta noite — ou seria pela manhã? Ali é sempre noite, mesmo que seja dia.

---

* Sergio Fonta é escritor, ator e diretor. É autor de diversos livros, entre eles *Rubens Corrêa: um salto para dentro da luz* e *O esplendor da comédia e o esboço das ideias: dramaturgia brasileira dos anos 1910 a 1930*.

A peça de Nelson Rodrigues é carregada de símbolos, de pistas quase impossíveis de seguir para desvendar um núcleo familiar distorcido e maligno. Por isso há tantos artigos, teses de mestrado e textos psicanalíticos sobre o que está por trás daquelas personagens, não só das mais velhas, lideradas por d. Flávia, mas também de Das Dores e de Doroteia. No fundo, todas estão enredadas em leques gigantescos, máscaras, um jarro inquisidor e botinas sensualizadas, em náuseas redentoras que funcionam como senhas para um passe livre para a culpa. Cabem algumas especulações para os enigmas propostos pelo autor: seriam mesmo duas Doroteias na família ou uma só, que morreu simbolicamente porque se prostituiu? Seriam todas as personagens projeções — fantasmas — de d. Flávia? Ou, ao contrário e indo mais longe, seriam os delírios de uma só personagem, Doroteia? Ou é, de fato, uma farsa macabra percorrendo a estrutura do absurdo e do surrealismo? São muitas as perguntas e as armadilhas desfiadas no palco pelo autor.

Como espectadores (e leitores), se deixarmos a imaginação fluir, *Doroteia*, a peça, pode ser também entendida e lida como se assistíssemos a um surto coletivo com personagens possuidoras de um distúrbio emocional agudo, à beira do abismo. Ou à beira do hospício. Em uma visão talvez redutora e realista, a casa daquelas mulheres bem poderia ser a ala de um sanatório em que loucas vivem sua realidade paralela. Não há limites e as encenações de Doroteia, através dos tempos, sempre partem de um contexto radical. Uma das encenações mais recentes foi a do diretor Jorge Farjalla, com Rosamaria Murtinho (d. Flávia) e Letícia Spiller (Doroteia), em 2016, apresentada no Rio de Janeiro e em várias cidades do país.

Se o autor sugere uma farsa irresponsável, digamos que se pode tudo cenicamente. Da farsa à tragédia. Ao pensarmos que a dupla Ziembinski (diretor e iluminador) / Santa Rosa (cenógrafo e figurinista) é a mesma que, sete anos antes, realizou a revolucionária montagem de *Vestido de noiva*, a concepção de *Doroteia*, no palco, não havia de ser convencional. No entanto, Sábato Magaldi, em ensaio definitivo sobre a obra rodrigueana, assinala que Ziembinski encenou a peça como uma tragédia solene, o que teria sido um equívoco. De qualquer modo, é quase uma liberdade prazerosa vislumbrarmos Nelson Rodrigues escrevendo *Doroteia*, rindo de sua própria loucura criadora. A cena de d. Assunta da Abadia e as três mulheres, no terceiro ato, falando das próprias feiuras em tom amabilíssimo é de um humor cruel e... muito divertido. Ali, Nelson atinge o máximo da ironia em sua farsa irresponsável.

O fetichismo das botinas desabotoadas como símbolo da presença sensual masculina aparece como propulsor da libido, em clima de hecatombe, no cenário reprimido daquelas mulheres e acaba por provocar uma ruptura no controle das personagens com hipotéticos assassinatos, com uma gravidez retroativa, impossível, e uma busca obsessiva de expurgo das culpas. É um baile de máscaras e horrores pronto para tirar o fôlego do espectador (ou do leitor) mais desavisado.

Nelson Rodrigues desenhou um quadro de viuvez abrangente: as três primas são viúvas, assim como a futura "sogra" de Das Dores, que, por sua vez, é "viúva" de um noivo que não existe. Com a devida licença dramatúrgica, Doroteia pode ser encarada também como "viúva" de seu filho morto, razão de seu maior sofrimento, tudo atrelado às experiências amorosas malsucedidas daquela família — se é que aconteceram — e filtradas em traumas que não se dissolverão jamais.

Três velhas mulheres não dormem por medo de sonhar. Pode haver algo mais doloroso? Elas decretaram seu próprio fim de modo sinistro e irreversível. Não há saída. Até Doroteia, que tinha um passado de prazeres, compactua com um futuro desvalido. É um sexo fendido ao meio, como nas formas naturais femininas, mas totalmente distante da alma humana, esculpido ou arquitetado para ser um porão sombrio, enraizado em culpas ancestrais.

SOBRE O AUTOR

NELSON RODRIGUES E O TEATRO
Flávio Aguiar[*]

Nelson Rodrigues nasceu em Recife, em 1912, e morreu no Rio de Janeiro, em 1980. Foi com a família para a então capital federal com sete anos de idade. Ainda adolescente começou a exercer o jornalismo, profissão de seu pai, vivendo em uma cidade que, metáfora do Brasil, crescia e se urbanizava rapidamente. O país deixava de ser predominantemente agrícola e se industrializava de modo vertiginoso em algumas regiões. Os padrões de comportamento mudavam numa velocidade até então desconhecida. O Brasil tornava-se o país do futebol, do jornalismo de massas, e precisava de um novo teatro para

---

[*] Professor de literatura brasileira da USP. Ganhou o Prêmio Jabuti em 1984, com sua tese de doutorado *A comédia brasileira no teatro de José de Alencar*, e, em 2000, com o romance *Anita*. Atualmente coordena um programa de teatro para escolas da periferia de São Paulo, junto à Secretaria Municipal de Cultura.

espelhá-lo, para além da comédia de costumes, dos dramalhões e do alegre teatro musicado que herdara do século XIX.

De certo modo, à parte algumas iniciativas isoladas, foi Nelson Rodrigues quem deu início a esse novo teatro. A representação de *Vestido de noiva*, em 1943, numa montagem dirigida por Ziembinski, diretor polonês refugiado da Segunda Guerra Mundial no Brasil, é considerada o marco zero do nosso modernismo teatral.

Depois da estreia dessa peça, acompanhada pelo autor com apreensão até o final do primeiro ato, seguiram-se outras 16, em trinta anos de produção contínua, até a última, *A serpente*, de 1978. Não poucas vezes teve problemas com a censura, pois suas peças eram consideradas ousadas demais para a época, tanto pela abordagem de temas polêmicos como pelo uso de uma linguagem expressionista que exacerbava imagens e situações extremas.

Além do teatro, Nelson Rodrigues destacou-se no jornalismo como cronista e comentarista esportivo; e também como romancista, escrevendo, sob o pseudônimo de Suzana Flag ou com o próprio nome, obras tidas como sensacionalistas, sendo as mais importantes *Meu destino é pecar*, de 1944, e *Asfalto selvagem*, de 1959.

A produção teatral mais importante de Nelson Rodrigues se situa entre *Vestido de noiva*, de 1943 — um ano após sua estreia, em 1942, com *A mulher sem pecado* —, e 1965, ano da estreia de *Toda nudez será castigada*.

Nesse período, o Brasil saiu da ditadura do Estado Novo, fez uma fugaz experiência democrática de 19 anos e entrou em outro regime autoritário, o da ditadura de 1964. Os Estados Unidos lutaram na Guerra da Coreia e depois entraram na Guerra do Vietnã. Houve uma revolução popular malsucedida na Bolívia, em 1952, e uma vitoriosa em Cuba, em 1959. Em 1954, o presidente Getúlio Vargas se suicidou e em 1958 o Brasil ganhou pela primeira vez a Copa do Mundo de futebol. Dois anos depois, Brasília era inaugurada e substituía o eterno Rio de Janeiro de Nelson como capital federal. A bossa nova revolucionou a música brasileira, depois a Tropicália, já a partir de 1966.

Quer dizer: quando Nelson Rodrigues começou sua vida de intelectual e escritor, o Brasil era o país do futuro. Quando chegou ao apogeu de sua criatividade, o futuro chegava de modo vertiginoso, nem sempre do modo desejado. No ano de sua morte, 1980, o futuro era um problema, o que nós, das gerações posteriores, herdamos.

Em sua carreira conheceu de tudo: sucesso imediato, censura, indiferença da crítica, até mesmo vaias, como na estreia de *Perdoa-me por me traíres*, em 1957. A crítica fez aproximações do teatro de Nelson Rodrigues com o teatro norte-americano, sobretudo o de Eugene O'Neill, e com o teatro expressionista alemão, como o de Frank Wedekind. Mas o teatro de Nelson era sempre temperado pelo escracho, o deboche, a ironia, a invectiva e até mesmo o ataque pessoal, tão caracteristicamente nacionais. Nelson misturou tempos em mitos, como em *Senhora dos afogados*, onde se fundem citações de Shakespeare com o mito grego de Narciso e o nacional de Moema, nome de uma das personagens da peça e da índia que, apaixonada por Diogo de Albuquerque, o

Caramuru, nada atrás de seu navio até se afogar, imortalizada no poema de Santa Rita Durão, "Caramuru".

Todas as peças de Nelson Rodrigues parecem emergir de um mesmo núcleo, onde se misturam os temas da virgindade, do ciúme, do incesto, do impulso à traição, do nascimento, da morte, da insegurança em tempo de transformação, da fraqueza e da canalhice humanas, tudo situado num clima sempre farsesco, porque a paisagem é a de um tempo desprovido de grandes paixões que não sejam as da posse e da ascensão social e em que a busca de todos é, de certa forma, a venalidade ou o preço de todos os sentimentos.

Nesse quadro, vale ressaltar o papel primordial que Nelson atribui às mulheres e sua força, numa sociedade de tradição patriarcal e patrícia como a nossa. Pode-se dizer que em grande parte a "tragédia nacional" que Nelson Rodrigues desenha está contida no destino de suas mulheres, sempre à beira de uma grande transformação redentora, mas sempre retidas ou contidas em seu salto e condenadas a viver a impossibilidade.

Em seu teatro, Nelson Rodrigues temperou o exercício do realismo cru com o da fantasia desabrida, num resultado sempre provocante. Valorizou, ao mesmo tempo, o coloquial da linguagem e a liberdade da imaginação cênica. Enfrentou seus infernos particulares: tendo apoiado o regime de 1964, viu-se na contingência de depois lutar pela libertação de seu filho, feito prisioneiro político. A tudo enfrentou com a coragem e a resignação dos grandes criadores.

CRÉDITOS DAS IMAGENS

Página 10: O ator André Zambuzzi interpreta a viúva d. Assunta da Abadia em montagem de *Doroteia* dirigida por Marco Antônio Braz em 2002. Teatro Alfredo Mesquita, Escola de Arte Dramática, São Paulo. (Foto de Lenise Pinheiro)

Páginas 46 e 76: Da esquerda para a direita: a adolescente Das Dores (Adriana Nunes), Doroteia (Denise Milfont) e as viúvas d. Flávia (Nadia Carvalho), Maura (Shala Filippi) e Carmelita (Marcia Rosado Nunes) na montagem de *Doroteia* dirigida por Hugo Rodas, Adriano e Fernando Guimarães e apresentada no Teatro Ipanema, Rio de Janeiro, em 1997. (Foto de Mila Petrillo)

Página 110: Dercy Gonçalves e Nelia Paula em *Doroteia*, encenada em 1957 no Teatro Cultura Artística, em São Paulo. (Acervo Cedoc / Funarte)

Direção editorial
Daniele Cajueiro

Editora responsável
Janaína Senna

Produção editorial
Adriana Torres
Laiane Flores
Juliana Borel

Revisão
Alessandra Volkert
Letícia Côrtes

Projeto gráfico de miolo
Sérgio Campante

Diagramação
Futura

Este livro foi impresso em 2021
para a Nova Fronteira.